とんでもなく面白い『古事記』

斎藤英喜 監修

PHP 文庫

○本表紙図柄＝ロゼッタ・ストーン（大英博物館蔵）
○本表紙デザイン＋紋章＝上田晃郷

はじめに

魅力あふれる『古事記』の世界へようこそ

　僕の授業には神話好きな学生さんが集まる。彼らはけっこう神話にくわしいのだが、ギリシアやケルト、北欧の神々の世界には精通していても、日本神話のことはほとんど知らなかったりする。そして僕の授業を聞いて、日本にもけっこうおもしろい神話があることを発見して驚く人も少なくない。そんな日本神話の魅力を伝えてくれる本こそ、『古事記』である。

　そうはいっても、いきなり『古事記』の原典を読むのは大変だ。たいていの人は挫折してしまう。長々しい神様たちの名前や複雑な系譜、それに聞きなれない古語の世界に惑わされてしまうからだ。そこで本書では、魅力的な神話を伝える『古事記』の世界への入り口として「あらすじ」を紹介し、「読みどころ」を解説していく。

登場するのは、母を恋しがるスサノヲや弟を疑うアマテラス、兄弟たちにいじめられるオホクニヌシ、兄弟ゲンカをする海幸彦・山幸彦、あるいは父親に疎まれるヤマトタケルや嫉妬深い妻に隠れて愛人のもとに通うオホサザキ（仁徳天皇）など、意外と人間くさい神々や天皇たち。彼らはけっこう身近な存在のようにも思えるかもしれない。

『古事記』の本当の魅力は、そんな人間くさい神様たちの背後に隠されている「神話」のロジックのなかにある。それが発見できたとき、われわれ現代人の考え方や価値観を見直すきっかけを与えてくれるに違いない。では、その「神話」のロジックとは？　続きは稗《ひえ》田阿礼《だのあれ》どのと太安万侶《おおのやすまろ》様にバトンタッチしよう。

佛教大学　斎藤英喜

とんでもなく面白い『古事記』 目次

第一章 日本誕生と神々の物語

●豆知識こらむ

第二章 英雄たちの伝説

第三章 愛と皇位をめぐる人間ドラマ

第四章 知っとこ!『古事記』

※イラストはすべてイメージです。
※神名・人名はカタカナ、即位した天皇は漢字で
表記しています。
※系図は一部省略しています。

プロローグ

『古事記』成立背景

まんがで解説！

稗田阿礼《ひえだのあれ》

天武天皇に仕えていた暗唱能力がズバ抜けて高い舎人《とねり》。舎人は天皇や皇族に仕え、雑用や警護にあたる男性の役職だが、「阿礼」が巫女の総称であることから女性説もある。

太安万侶《おおのやすまろ》

奈良時代の文官で『古事記』の編纂者。1979年に奈良市此瀬町の茶畑で墓が見つかり、平城京左京四条四坊に住み、官位は従四位下勲五等、命日は7月6日とわかった。

時代は万葉集に「青丹《あおに》よし奈良のみやこは……」と歌われるきらびやかな天平文化が花開く直前――
稗田阿礼《ひえだのあれ》の屋敷
安万侶さま何だか変わったお屋敷ですね……
確かに……
一度聞いたことは決して忘れないという天才・稗田阿礼――いったいどんなお方なのだろう……？
当代一流の学者
太安万侶《おおのやすまろ》

※ 元明天皇は女帝。

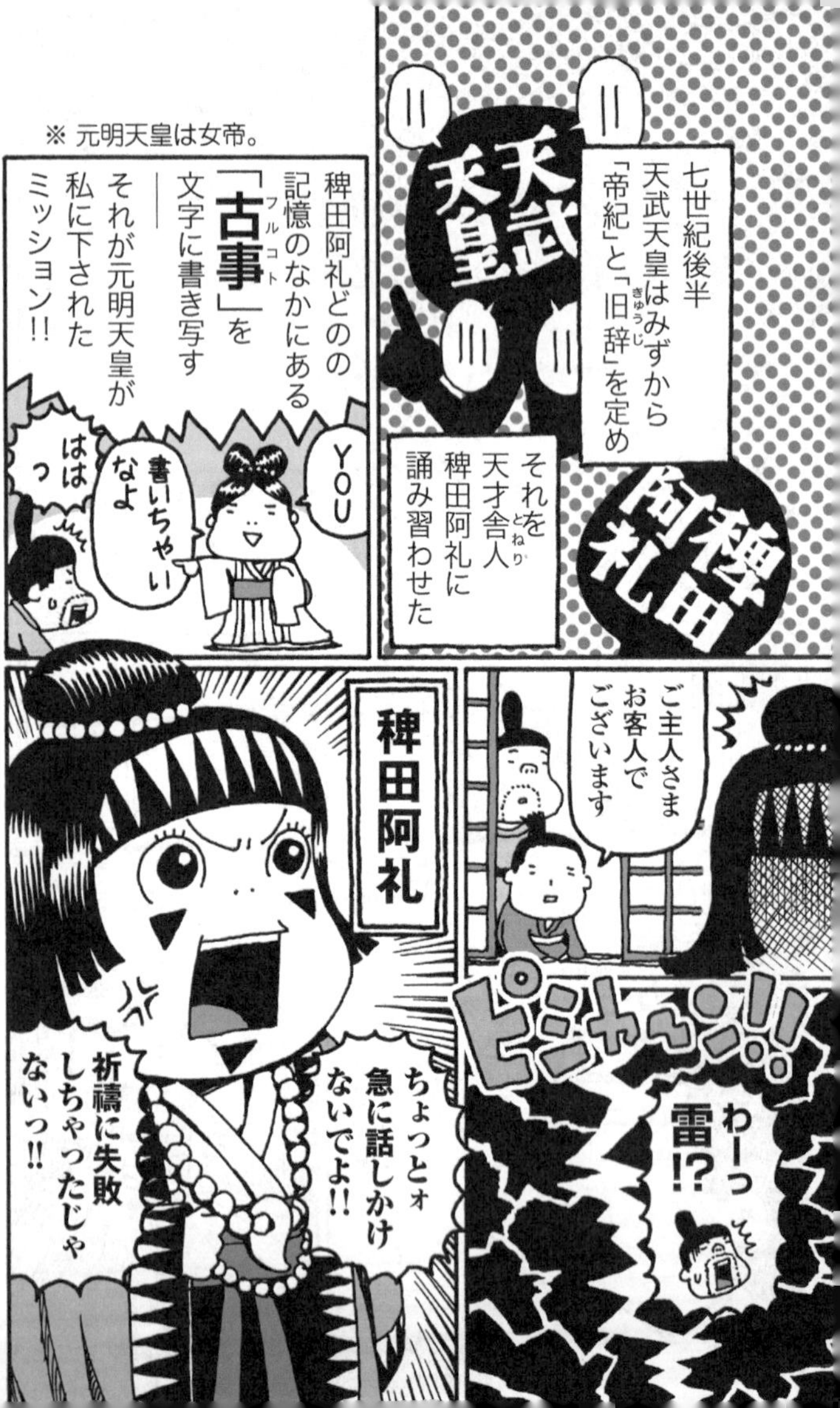
七世紀後半
天武天皇はみずから
「帝紀」と「旧辞《きゅうじ》」を定め
天武天皇
それを
天才舎人《とねり》
稗田阿礼に
誦み習わせた
稗田阿礼
稗田阿礼どのの
記憶のなかにある
「古事《フルコト》」を
文字に書き写す
——
それが元明天皇が
私に下された
ミッション!!
YOU
書いちゃいなよ
ははっ
ご主人さま
お客人で
ございます
ピシャ〜ン!!
わーっ
雷!?
稗田阿礼
ちょっとォ
急に話しかけ
ないでよ!!
祈禱に失敗
しちゃったじゃ
ないっ!!

※ 稗田阿礼はアメノウズメ(『古事記』に出てくる女神→P.51)の末裔説もあり、性別すらわからない謎の人物とされている。

そもそも天武天皇はなぜあなたにフルコトを？
それはヤマト豪族が伝える神話に
あまりにも間違いが多いからよ
だから私がこれから話すことはすべて真実!!
ヤマタノヲロチもヤタガラスも白鳥になったヤマトタケルの話もね!!
え～
それはちょっと信じられないなぁ……
なんならここにヤマタノヲロチを召喚してあげましょうか……？
ゴゴゴ
わーっ信じます信じます!!

※『古事記』序文には、太安万侶がヤマトコトバ独特の音声を残すために、漢字の音読みと訓読みを交えて記したという苦労話が書かれている。

※ 太安万侶は『日本書紀』編纂にも参加している説もある。

いや～
やっと終わりましたよ～
アラ
そう
ズッ
うっわ～
他人事!!
……初めて文字で書き記されたこの国の神々の世界――
この本はきっと後世にまで残る本になるでしょう
見かけによらずいい仕事するじゃない
ニッ
稗田どの……!!
うるうる
『古事記』には隣の大国・中国から影響を受ける前の日本神話の世界観が残っている
では、神様や動物がイキイキと活躍する『古事記』の世界へ旅立ってみよう!!
古事記

『古事記』の構成

『古事記』は全三巻に分けてあるだけで、内容に関する章段分けはない。そこで本書では、内容ごとに章段に分け、さらに11エピソードに分けて紹介する。

―上つ巻―

序第一段　稽古照今
序第二段　天武天皇と帝紀・旧辞の撰録
序第三段　元明天皇と『古事記』の完成

episode 1 イザナキとイザナミ

五柱の別天つ神
神世七代
国づくりの命を受ける
オノゴロ島での聖婚
ヒルコとアワ島を生む
日本列島を生む
神々を生む
カグツチを生み、イザナミが死ぬ
イザナキがカグツチを斬る
黄泉の国訪問
黄泉の国脱出
人間の生死の起源
イザナキ、禊ぎをする
三貴子の誕生と分治

episode 2 天の岩屋とヤマタノヲロチ

スサノヲの異端性
スサノヲの昇天
スサノヲの勝さび
アマテラスの天の岩屋ごもり
五穀の起源
ヤマタノヲロチ
草薙の剣を得る
須賀の宮と八雲神詠歌
スサノヲの子孫

— 中つ巻 —

episode 7 ヤマトタケル物語

episode 8 神功皇后の新羅遠征

― 下つ巻 ―

episode 9 仁徳天皇の良政と跡目争い

と神々の物語

別天《ことあま》つ神《かみ》
アメノミナカヌシ
タカミムスヒ
カムムスヒ
オモヒカネ
スクナビコナ
イザナキ
ヒルコ
ツクヨミ
アマテラス
カグツチ
オホワタツミ
アメノオシホミミ
タケミカヅチ
ニニギ
コノハナノサクヤビメ
ホヲリ
ホデリ
タマヨリビメ
トヨタマビメ
ウガヤフキアヘズ
イハレビコ（神武天皇）

第一章　日本誕生

● この章に登場するおもな神々

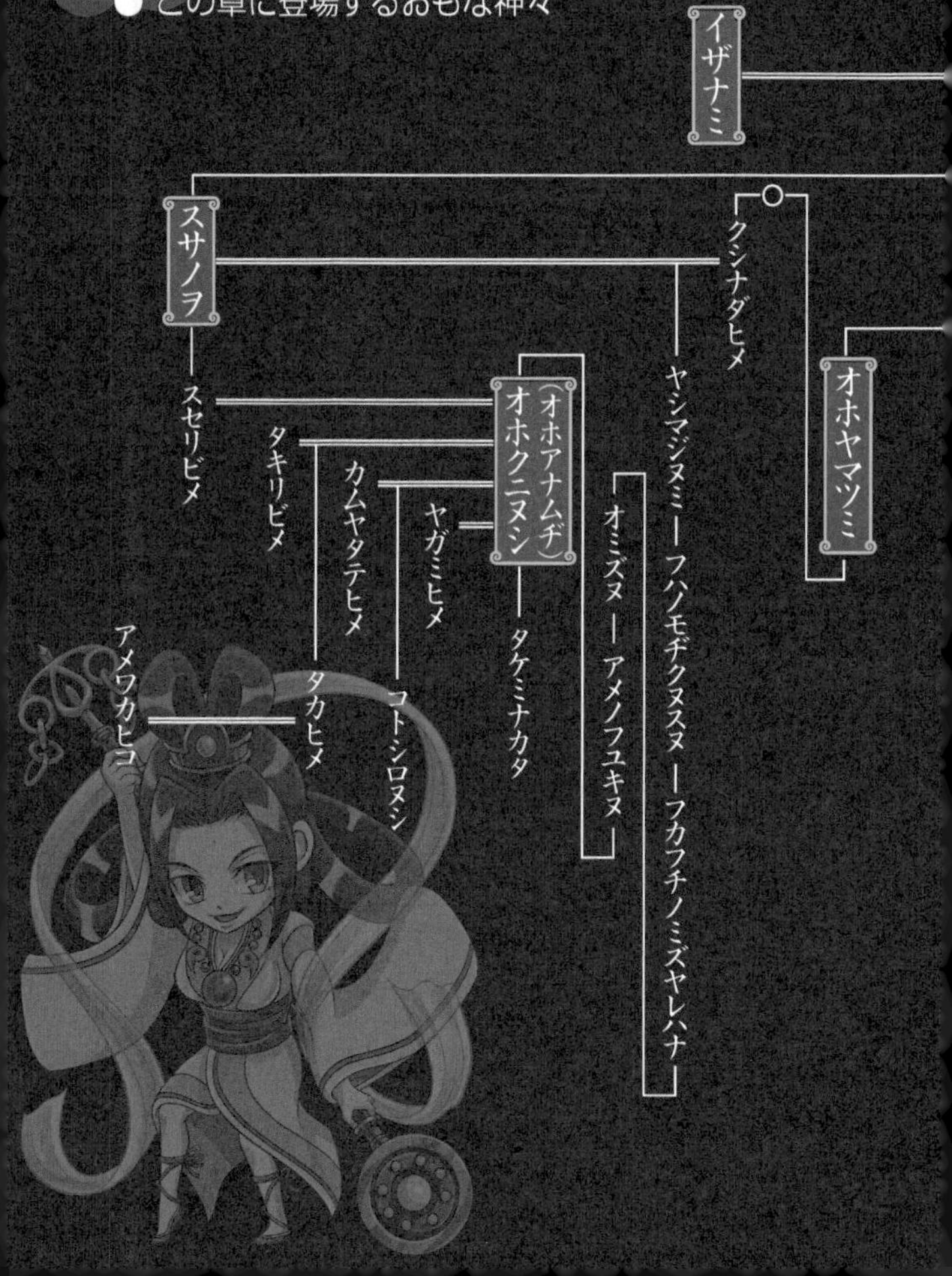

episode 1 神々の誕生

イザナキとイザナミ ◆「五柱の別天つ神」～

独身の神々による、謎だらけの幕開け

この世界はどうやって生まれたのか？ 世界中にある神話は、この素朴な疑問にさまざまなアプローチで答えようとしてきた。その点、『古事記』上巻は、次のような一文から始まる。「天地初めておこりしときに、高天原《たかまがはら》に成りませる神の名は、アメノミナカヌシ」と。

つまり、**天地がどうやって生まれたかは完全無視**。天地が開け、「高天原」という世界が天上にあるという**都合のよい設定が、最初から用意されている**のだ。

先に述べたように、まず日本最初の神であるアメノミナカヌシが登場する。続いてタカミムスヒ、カムムスヒという二柱《はしら》（柱は神を数えるときの単位）の神が生まれる。しかしこの三柱の神は男でも女でもない「独《ひと》り神《がみ》」だったために、子孫を残すこともなく姿を消してしまう。いっぽう、地上はまだ固まっておらず、やわらか

い泥がクラゲのように海面にプカプカと浮いて漂っている状態だった。この泥のなかから、葦の芽が萌え出るように出現したのがウマシアシカビヒコヂと、アメノトコタチなる二柱の神だが、彼らも「独り神」だったために例のごとく姿を消してしまう。ここまでの計五柱の神々を「別天《ことあま》つ神《かみ》」と総称するが、それが皆姿を消してしまうとは、**なんとも謎めいた展開だ。**

ところが、じつはこの名前そのものに意味が含まれていると、江戸時代の国学者・本居宣長《もとおりのりなが》は指摘している。タカミムスヒ、カムムスヒの名前に含まれる「ムス」という語は、「苔がムス（生す）」や「ムスコ（男子）」や「ムスメ（女子）」のムスで「物の成り出る」意味を持ち、「ヒ」は「物の霊異なること」を意味するという。単調なように見えて、言葉そのものが持つイメージが重視されているのだ。

男と女が生まれ、歴史が動く

その後しばらくして、今度は「神世七《かみよなな》代《よ》」と呼ばれる、一群の神々が登場する。

最初に誕生したのはクニノトコタチ。二番めがトヨクモノ。この二柱の神もやはり独り神で、まもなく姿を消してしまう。ところが「**神世七代**」**の三番めから、神の一族は劇的な進化を遂げる**。このとき生まれたのは、ウヒヂニなる男神と、スヒヂニなる女神。そう、二柱の神が兄・妹として、同時に誕生したのだ。

これ以降神々には性別が発生し、四番めから六番めは毎回ペアで兄妹神が出現するようになる。その最後に生まれたのがイザナキとイザナミだ。

このイザナキとイザナミの兄妹に、依然として半液状のままだった地上をしっかり固めるという使命を託したのは、姿なき存在と化した別天つ神たちだった。その際、彼らは国づくりのアイテムとして、玉飾りのついた矛《ほこ》「アメノヌボコ」なる神具をこの兄妹に授けた。兄妹はさっそくこれをたずさえ、高天原と地上の中間に浮かぶ中継点、「天《あめ》の浮橋《うきはし》」へくだっていく。そしてそこから、アメノヌボコを海に差し入れ、塩と泥とを混ぜ合わせては上へ引き上げるという、地道な作業をくり返したのだ。

矛が引き上げられるたび、その先から泥と塩の混合物が滴《したた》り落ちる。やがて、これが積もり積もって固まり、ひとつの島と化した。**ウソかマコトか、これこそが日本最初の国土・オノゴロ島**だと『古事記』は伝えている。

episode 1

イザナキとイザナミ

イザナキとイザナミの結婚

◆「オノゴロ島での聖婚」～

イザナミは元祖「妹萌え」モチーフだった!?

オノゴロ島が、現在の日本でいうとどこにあたるのかは、さまざまな説があってはっきりしない。しかし、大体のところ、淡路島の近くだと考えられている。

いずれにせよ、『古事記』によればこの島から日本の歴史がスタートしたことになっている。オノゴロ島を完成させたイザナキとイザナミは、この地に降り立って次のような会話を交わしたそうだ。

まずイザナキが「さて、お前の体はどのようにできている?」とイザナミに問う。「私の体はできあがっているのですが、一カ所欠けたところがあります」とイザナミが答える。するとイザナキは「私の体もできあがっているが、できすぎて余っているところがある。では、この余った部分でお前の足りない部分をふさぎ、国生みをしようと思うがどうだ?」と提案。「それがよいでしょう」とイザナミ。こうしてふたりが結婚し夫婦となったことから、多くの神々が生まれていくのだ。

と、ここまで読んでふと、引っかかるものを覚えた人もいるかもしれない。「**あれっ、イザナキとイザナミって、兄と妹じゃなかったの？　それが結婚？　ということは、もしかして近親相姦？**」。そのとおり。現代のサブカル文化では、兄と妹のアブない恋愛関係を描いた「**妹萌え**」が定番モチーフと化しているが、イザナキ・イザナミこそは、その元祖とも考えられる。

もっとも、近親相姦は古代においては、さほど珍しいことではなかった。事実、ギリシア神話やエジプト神話にも、兄妹、姉弟の神々が結ばれるエピソードは非常に多いのだ。

海に子供を流す非情な夫婦

とはいえ、こうした結婚から生まれる子供は遺伝的なリスクが高い。イザナキとイザナミの間に生まれた最初の子供も五体満足ではなかった。ヒルコと呼ばれたこの子

供は、吸血軟体動物のヒルのように、骨がなくてグニャグニャした体だったのだ。そんな子供を持った親が、ショックを受けるのは無理もない。だからといって、「失敗作」としてあっさり捨てたとしたら、それはまさに**鬼畜の所業**だろう。ところが、イザナキとイザナミは何と、生まれたてのヒルコを葦舟に乗せ、海に流してしまったのだ。**現代なら確実に刑事事件**となるところだ。

じつはこれまた、古代ではよくあったこと。ギリシア神話にも、女神ヘラがわが子へパイストスの片足が曲がっていたことに失望し、彼を天界から海に投げ捨ててしまったという逸話がある。東西を問わず、神様というのは意外に冷酷なのだ。

さて、ヒルコの次に生まれたのは、神でも人でもなく、「島」だった。さすがは女神というべきか、イザナミは**土地を出産する能力を秘めていた**のだった。

ただし、この島もまた完全なものではなかった。固い地盤を持たず、泡のかたまりのような頼りない存在にすぎなかったのだ。イザナキ・イザナミ夫婦は、アワ島と呼ばれるこの子のことも、やはりわが子として認知することを拒んだ。

二度の失敗に思い悩んだイザナキ・イザナミ夫妻は、故郷である高天原《たかまがはら》に帰って、別天つ神《ことあまつかみ》たちに相談することにした。すると別天つ神たちは、「**結婚の儀式の手順が誤っていたことに原因がある**」と、彼らに告げる。

豆知識こらむ

呪文風に書き記された性交の神秘

結婚前、イザナキとイザナミは互いの身体の相違を確認し、イザナキには「成り成りて成り余れる処」が、イザナミには「成り成りて成り合はざる処」があることを知った。そこで彼らは、前者で後者をふさぎ、国を生むことにしたという。「成り余れる処」が男性器を、「成り合はざる処」が女性器を指すのは、明白だろう。

このように『古事記』には、意外に露骨な性表現が多い。だが、単にエロ話を入れたいだけなら、わざわざ「成り成りて」と、同じ語をくり返す必要はない。

じつは「成り」は、神々の生成をも意味する特別な語で、それをくり返すのは、一種の呪文化だという指摘がある。呪文風に性器を示すことで両神の性交に神秘的な力を宿らせ、多くの神々が生まれたという結果につなげるのが、記述者の意図だったという。

『古事記』の原文には、あらすじだけではわからない秘密が、随所に隠されているのだ。

しきりなおして、日本列島の出産に成功！

話は前後するが、オノゴロ島にはふたりがつくった「天《あま》の御柱《みはしら》」という高い柱があった。そしてイザナキとイザナミは、この柱の前で婚礼の儀式を挙げていた。その儀式とは、次のようなものだった。まず、柱の前で両者が左右に分かれ、イザナキが左方向、イザナミが右方向に柱の周囲を回っていく。やがて両者は柱の反対側で出合うことになるが、このとき、先にイザナミが相手に声をかけた。「**まあ、なんてステキな殿方でしょう！**」。次いでイザナキが、「**おお、なんとすばらしい乙女《おとめ》だ！**」と応じ、それから両者は夫婦の契りを交わしたのだ。

別天つ神たちはこの点を指摘して、「女から声をかけたのがよくない。男から声をかけるべきだった。戻って儀式をやりなおせ」と、若夫婦に助言した。

こうした別天つ神たちの助言を、**男尊女卑的な価値観**、とみる人は少なくない。いっぽうでは、そんな単純な理由ではあるまい、とみる研究者もいる。彼らの主張によれば、ここには東南アジア諸地域に伝わる「兄妹始祖神話」の思想が潜んでいるという。

その神話は、津波などで村が滅び、兄妹だけが生き残る。ふたりは村を復興させるために結婚し、子供をつくる。しかし、最初は失敗し、シャコ貝やヘビの子という人間ならざるものが生まれる。それを何度かくり返しているうちに、人間の子供が生まれるという話だ。

とにかく、イザナキとイザナミは、別天つ神たちの助言にしたがって、儀式をやりなおすことにした。ふたたび天の御柱の周囲を回り、今度はイザナキから先に声をかけ、イザナミがそれに応じるかたちをとってから、夫婦の契りを交わしてみたのだ。すると今度はうまくいき、次々に立派な子供たちが生まれたというから、**何はともあれ結果オーライ**といったところか。

夫婦の第一子として正式に認知されたのは、アハヂノホノサワケの島。すなわち、現代の地名でいうところの淡路島だった。続いて、イヨノフタナの島、すなわち現在の四国が生まれ、さらにオキノミツゴの島（隠岐島）、ツクシの島（九州）、イキの島（壱岐）、ツの島（対馬）、サドの島（佐渡島）、オホヤマトトヨアキヅの島（本州）が誕生した。この八つの大きな島々を、『古事記』は「オホヤシマの国」と総称している。**日本という国の原形が、ここにできあがった**のだ。

イザナキ・イザナミ夫婦の子は、オホヤシマの国だけではない。その後はこれをとりまく小さな島々や、新たな神々も続々と生まれている。

妻を死に至らしめた子を殺すイザナキ

その神々のおもな顔ぶれは、海の神オホワタツミ、風の神シナツヒコ、木の神ククノチ、山の神オホヤマツミ、野の神カヤノヒメなど。自然にまつわる神が多いのが特徴だ。なかでも特殊なのが、最後に生まれた火の神カグツチ。この子の体は燃えさかる炎そのものであり、そのため、母イザナミは彼を出産する際に、**陰部に致命的な大火傷を負って、これが原因で命を落としてしまう**。前述のとおり、イザナキ・イザナミより先に誕生した神々は、姿なき存在と化すことはあっても、死ぬことはなかった。つまりこのイザナミの死こそが、**日本の歴史上初めての死**だった。残されたイザナキが、これを深く嘆き悲しんだことは、いうまでもない。

やがて悲しみは怒りに変わり、イザナキは腰に帯びた「アメノオハバリ」なる名剣を抜き放つや、**わが子カグツチの首を斬り飛ばした**という。例によって**父親失格**のように思えるが、この行為には殺した死体から新しい神を生み出す意味があった。飛び散ったカグツチの血や肉片からは、次々に新たな神が生まれた。そのなかには、オホクニヌシの国譲りのエピソードに登場する剣の神タケミカヅチも含まれている。カグツチの生と死は、破壊と生成という火の性質を物語っているかのようだ。

オホヤシマ（大八島）の国とは？

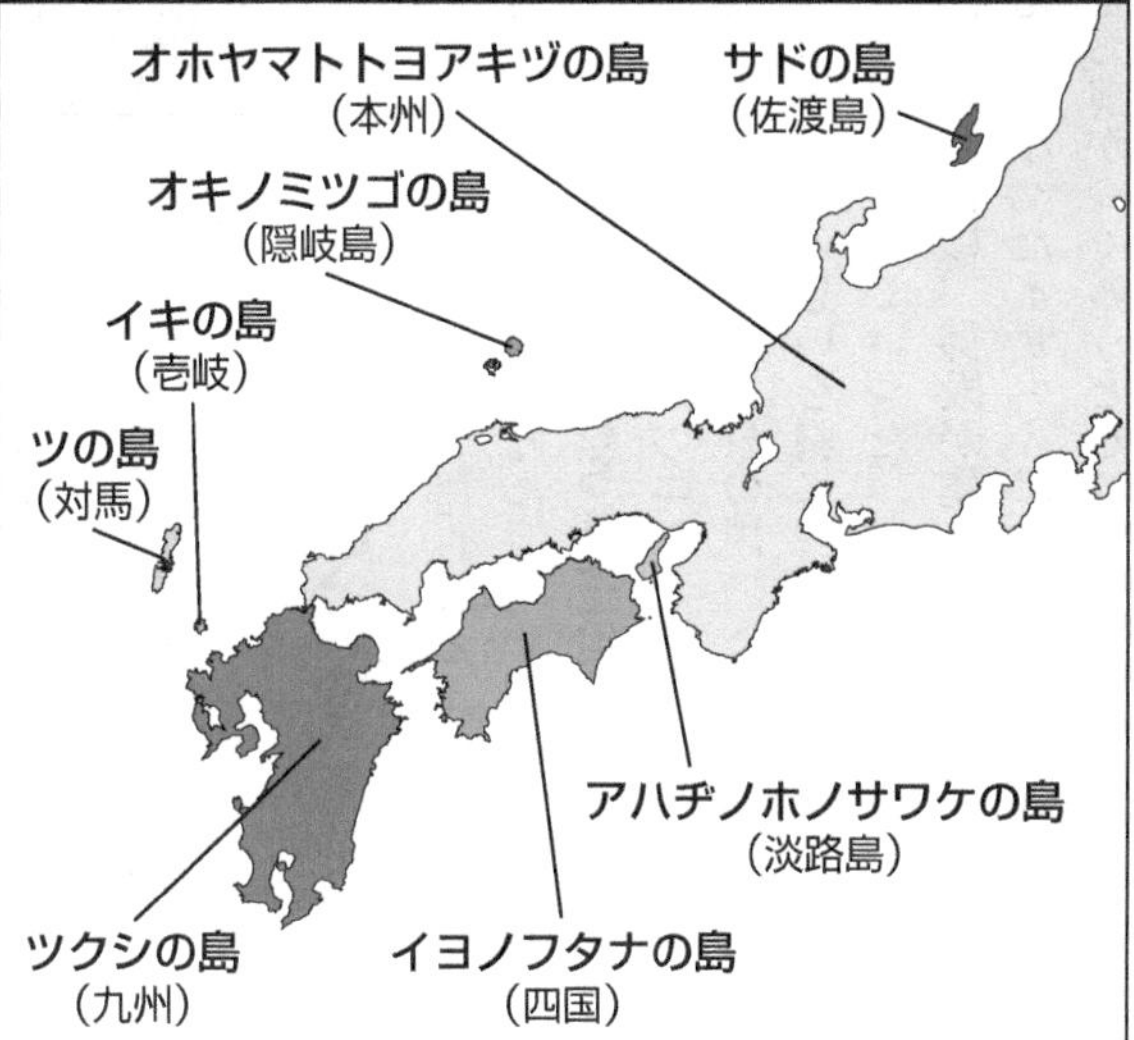

オホヤシマはイザナキとイザナミが最初に生んだ８つの島の総称。このとき、それぞれの島の国に人格化した名前をつけている。

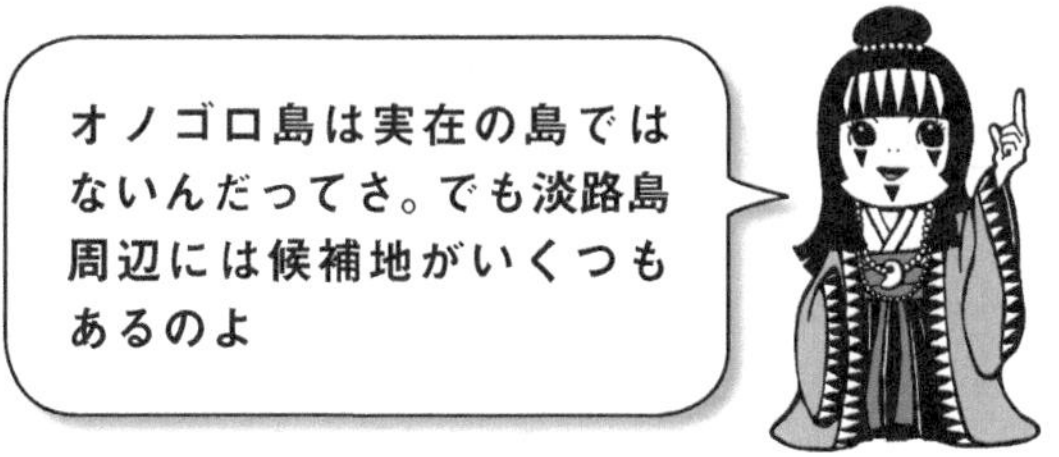

episode 1

イザナキとイザナミ ◆「黄泉の国訪問」～

生と死の起源

愛しい妻に会うため、いざ、死者の国へ

イザナミの死に続いて語られるイザナキの冒険譚は、名実ともに、『古事記』序盤のクライマックスと呼んでいいだろう。それは、哀しくも美しい恋愛劇であると同時に、**怪奇と幻想に彩られたホラー**でもあり、さらに**ハラハラドキドキのアクションもの**でもある。極上のエンターテインメントに仕上がっているのだ。

死者の世界たる〝黄泉《よみ》の国《くに》〟へと去ってしまった妻イザナミにもう一度会いたい。イザナキはその想いを胸に、地下にある黄泉の国を目指し、洞窟の長い長い下り坂を、果敢におりていった。

洞窟の奥には、御殿が建っていた。その戸を開けてイザナキを出迎えたのは、今や死者となったイザナミだった。イザナキは彼女に呼びかける。「いとしい私の妻よ。私とお前がつくろうとしていた国はまだ完成していない。さあ、私と一緒に地上へ

帰ろう！」。だがイザナミは、すでに「ヨモツヘグヒ」を済ませていた。ヨモツヘグヒとは、黄泉の国のカマドで調理した食物を口にすること。この通過儀礼を済ませた以上、彼女はもはやここの住人だというのが、黄泉の世界の掟なのだった。

変わり果てた妻の姿に愛情が冷める

とはいえ、イザナミとて地上へ帰りたいのはやまやま。そこで彼女は、何とか特例を許してもらえるよう、黄泉の国の支配者に頼んでみるという。そして、「**待っている間、けっして私の姿をのぞき見ないでくださいな**」といい残して、御殿のなかへと戻っていったのだった。

だがそれっきり、いつまで待ってもイザナミは出てこなかった。どうやら黄泉の国の支配者とやらの交渉が、難航しているらしい。イザナキはついにシビレをきらし、自分の髪に刺さっていた櫛《くし》をへし折ってそれに火を灯すと、その明かりを頼りに、御殿のなかへ侵入することにした。

そして彼は、そこで身の毛もよだつような

ショッキングきわまりない光景を目撃する。それは、**すっかり腐敗し、ウジにたかられたイザナミの姿**だった。しかも、頭には大きな雷、胸には火の雷、お腹には黒い雷、陰部には裂けた雷、左手には若い雷、右手には土の雷、左足には鳴いている雷、右足には伏している雷という計八柱の雷神が体から出現している状態だったという。**あまりのグロテスクさに百年の恋も一瞬にして冷めた**イザナキは、ダッシュで御殿から逃げ出した。すると、その背中をイザナミの恨めしげな声が追う。「**よくも私に恥をかかせたねっ！　キ〜ッ！**」

激怒したイザナミは、黄泉の国の住民である醜い女に、逃げる夫を追撃させた。焦ったイザナキは、とっさに自分の頭部を飾っていた冠を取って、後方へ投げ捨てる。その冠は、クロミカズラというつる草を束ねてつくったもので、地に落ちるやいなや、たちまち成長して野ブドウの実を実らせた。

醜い女は、それに気をとられて足を止め、ブドウの実をむさぼり食った。が、それで時間が稼げたのもわずか一瞬。またたく間に実を食い尽くした女は、ふたたびイザナキとの差を詰めてくる。イザナキはまたも、髪に刺してあった櫛の歯を抜いて後ろへ放った。竹でできていたその櫛は、やはり地に落ちるなり急成長して、タケノコと化した。女はふたたび足を止め、それをむさぼった。

豆知識こらむ

近親相姦が、神話ではOKな理由

イザナキ・イザナミは近親相姦の関係を結んだが、これはもちろん、現代ではタブーだ。そしてこのタブーは、宗教や文化の違いを問わず、ほぼ万国共通。

　だが、そうなった理由は、じつはさだかではない。イザナキ・イザナミの子、ヒルコがそうだったように、障害児が生まれやすいから、という説もあるが、この事実が知られるようになったのは、生物学が発展した近代以降のこと。それ以前からタブー視されてきた理由とは言いきれない。

　また世界各地の神話では、近親結婚が肯定的に描かれる例も多い。神話学によれば、近親結婚は神だけに許された特権で、そのことによって、神であることを証明できるという見方がある。人間の世界でタブーなのは、神のマネをしてはいけないという意味があるという。ちなみに、「アラヒトガミ」を名乗ってきた天皇家は近親結婚を続けてきたが、人間宣言をした敗戦以降は近親結婚をしていない。

憎さ百倍、愛し合った夫を呪う妻

イラだったイザナミは、醜い女は頼りにならぬとばかり、自身の体に取りついていた八柱の雷神たちを、追っ手としてさしむける。イザナキは腰の剣を抜いて、後ろ手にそれを振り回しながら、半狂乱になってひたすら逃げ続けた。

やがてイザナキは、やっとのことで黄泉の国と地上との境界、「黄泉《よも》つ平坂《ひらさか》」という坂のふもとにたどり着く。そしてそこに生えていた桃の木から実を三つむしり取り、雷神たちに投げつけた。すると、雷神たちは恐れをなして退散していく。桃の実には、邪気を祓《はら》う霊力が秘められていたのだ。

しかし、安心するのはまだ早い。雷神たちの後には、イザナミがじきじきに乗り出してきたのだ。イザナキは火事場の馬鹿力で、本当なら千人がかりで挑まねばとても動かせないような大岩を引っぱり、それを黄泉つ平坂の真ん中に置いて道をふさいだ。間一髪のところで、岩がイザナキとイザナミとを隔てる。

大岩の向こう側で、イザナミの悲痛きわまりない怨嗟《えんさ》の声が響いた。「**いとしい人、ひどいことするのね？　仕返しに、今後あなたの国に生まれる人々を、毎日千人ずつくびり殺してやるから、見てらっしゃいっ！**」

イザナキは応じて叫んだ。「**いいだろう、いとしい妻よ、そっちがその気なら、俺は毎日千五百人の人々が生まれるようにしてやるまでさっ！**」

これ以来、毎日千人ずつが死んで、千五百人が生まれるという人類の宿命が決定づけられたと、『古事記』は語っている。男女の仲が破綻する際、修羅場はつきものだが、**全人類の命運をまきぞえにした**イザナキ・イザナミ夫婦の離婚騒動ほど、凄惨かつはた迷惑なケースは、さすがに多くはあるまい。

身を洗い清め、新たな神が生まれる

さて、命からがら地上への脱出を果たしたイザナキは、恐怖の体験のトラウマからか、黄泉の国に対して強い嫌悪感を抱くようになっていた。黄泉の国を訪れた自分の体にも汚れがこびりついているような気がしてならなかったのだろうか、彼は川の水で体を洗い清めることにする。「筑紫《つくし》の日向《ひむか》の橘《たちばな》の小門《をど》の阿波岐原《あはきはら》」というところ（現在の宮崎県宮崎市の江田神社のあたりとされている）で行なわれたこの水浴を、「禊《みそ》ぎ祓《はら》え」という。

「禊ぎ」は「身削《みそ》き」が語源で、「身を削いで穢《けが》れをのぞく」ことを意味するという。

現代人がトイレ掃除などの汚れ仕事を行なった後、さっさとひと風呂浴びてサッパりしたいと思うのとは似ているようで異なる感覚だ。「祓え」は「罪のつぐない」を意味し、本来は「禊ぎ」と別だったが、奈良時代中期以降から混同されるようになったという。

このとき、**ひとつの奇蹟が起こった**。イザナキが脱ぎ捨てた衣類や、水で洗い落とした汚れから、多数の神々が誕生したのだ。災いをもたらす不吉な神であるヤソマガツヒとオホマガツヒがいるかと思えば、逆にそれらの災いを清める神であるカムナホビやオホナホビ、イズノメもいるといった具合に、その顔ぶれはじつにバラエティに富んでいる。

なかでも特筆すべきは、次の三柱《はしら》の神々だ。イザナキが左の目を洗ったときに生まれたのが、のちに高天原《たかまがはら》を治めるアマテラス、右の目を洗ったときに生まれたのが、のちに夜の国を治めるツクヨミ、鼻を洗ったときに生まれたのが、のちに海原を治めるはずだったスサノヲ——。

見るからに優秀そうなこの「**三貴子**」**を、妻の力を借りず単独で生み出せたことに、イザナキはすっかりご満悦**。彼らを自分の子のなかでも、序列のトップに位置づけることにする。そしてここから、『古事記』の主役はこのネクスト・ジェネレーションの神々にバトンタッチされ、新章へ突入していくのだ。

豆知識こらむ

桃に見え隠れする、中国道教の影響

　黄泉の国からの脱出の際、イザナキは桃の霊力に救われた。彼は桃に感謝してこれを「オホカムヅミ」、すなわち「偉大な神の実」と名づけ、「今後は人間たちのことも助けてやってくれ」と、頼んだという。

　桃から生まれた英雄が鬼退治をする昔話の『桃太郎』も、この逸話と無関係ではない。先に桃を神聖視する思想があってこそ、こんな物語ができあがったのだ。

　ただし『桃太郎』の原話では、主人公は桃から生まれるわけではなく、桃を食べて若返ったおじいさんとおばあさんが性交に励んだ結果、誕生する。桃は、邪気（＝鬼）を祓《はら》うだけでなく、不老長寿をもたらす果実でもあるのだ。

　これらの伝承は、じつは日本独自のものではなく、桃を神仙の食物とみなす、中国の道教の影響を受けているという。古代日本はとにかく、当時の先進国たる中国を手本としたが、それは神話においても、例外ではなかったのだ。

episode 2 スサノヲとアマテラスのウケヒ

天の岩屋とヤマタノヲロチ ◆「スサノヲの異端性」〜

母を慕う暴れん坊だったスサノヲ

イザナキは、アマテラス、ツクヨミ、スサノヲの三柱《はしら》の神にそれぞれ領土を与えて治めるよう命じた。アマテラスの領土は神々の故郷である天上界、すなわち高天原《たかまがはら》。その弟であるツクヨミの領土は夜の世界。末弟のスサノヲの領土は、海だった。

ところがスサノヲだけは、何が不満なのか、**統治者としての義務を放棄し、毎日大声で泣きわめいて過ごすばかり**。そこでイザナキがそのわけを問うと、スサノヲは母イザナミが住む「根《ね》の堅州《かたす》の国《くに》（黄泉《よみ》の国《くに》の異名）」に行きたい、という。これが、**イザナキの逆鱗に触れた**。イザナキは「**ならどこへでも行け！**」とスサノヲを追放処分に処す。そこでスサノヲは旅立つ前に、姉のアマテラスに別れを告げるため高天原へ足を向けた。ところがアマテラスは、乱暴な弟が自分の国を奪いに来たのではないかと警戒。髪をほどいて男の髪型である角髪《みずら》に結い直し、長い緒で連ねられた八尺《やさか》の勾玉《まがたま》を髪や手に巻き、背中には五百本の矢が入る矢入れを背負い、矢を射る構えで彼を出迎える。ここでのアマテラスは悪霊と戦う女性シャーマンのようだ。

２ 神生み対決で身の潔白を証明

スサノヲは慌てて、国を奪う気なんかこれっぽっちもないと弁解した。けれどもアマテラスは、**なおも疑心満々**。そこでスサノヲは、「ウケヒ（誓約）」によって自分の潔白を証明しようと申し出た。ウケヒとは、五分五分の確率で正反対の結果が出るゲームをし、どちらの結果に転ぶかで、プレイヤーの真意をはかるという、占いの一種だ。ここでは互いの持ち物を交換し、それぞれそれを口に含んでかみ砕き、吐き出すという方法がとられた。

先にアマテラスがスサノヲの所持していた剣をかみ砕き、吐き出すと、三柱の女神

が誕生した。次にスサノヲがアマテラスの勾玉をかみ砕き、吐き出すと、今度は五柱の男神が生まれた。この結果をアマテラスは、次のように判定する。「三女神はスサノヲの持ち物から生まれたのだから、スサノヲの子。五男神は私の持ち物から生まれたのだから、私の子です」。

それを聞いて、すかさずスサノヲは宣言した。「ならウケヒは俺の勝ちだね。**女の子が産まれたのは、俺の心が清い証拠**だもん」。

どういう理屈か、ぜんぜん理解できない。そもそもウケヒは「男の子が生まれたら潔白」など、あらかじめ神に誓ってから行なう。『日本書紀』では順当なやり方をしているのに、『古事記』では条件を決めることなく始めてしまう。しかも結果に対して、**なぜかアマテラスも納得**。その後、疑いが晴れたと浮かれまくったスサノヲが、高天原の田んぼの畦《あぜ》を壊したり、神殿で排便してウンコをまき散らしても、彼女は弟をとがめようとはせず、彼をかばうようになった。

豆知識こらむ

言葉にすることで、ウソをマコトに変える呪術

度重なるスサノヲのイタズラを、アマテラスはいちいち善意に解釈し、「田の畦《あぜ》を壊したのは、土地がもったいないと考えたからでしょう」「汚物をまき散らしたのは、酒に酔ってのことでしょう」と弁護したという。

客観的には詭弁《きべん》にしか聞こえないが、じつはこれ、「詔《の》り直し」というれっきとした呪術の一種。言葉で善意を付与して、起きた出来事をそのようにつくり変えてしまうというのが、その効果だ。

この呪術の根幹をなすのが、古代日本に浸透していた、「言霊《ことだま》信仰」なる思想だ。この思想では、言葉には現実に強い影響をおよぼす霊的な力が宿っているとされ、不吉なことを言えば凶事が、めでたいことを言えば吉事が、実際に起こると考えられていた。

現代日本でも、うっかり不吉な言葉を口にし、「縁起でもないこと言うな」と、周囲から怒られるのはよくある話。これもまた、言霊信仰のなごりにほかならない。

episode 2 天の岩屋とヤマタノヲロチ ◆「アマテラスの天の岩屋ごもり」〜

天《あま》の岩屋《いわや》事件とスサノヲ追放

「忌服屋《いみはたや》」事件でアマテラスが閉じ込もる

姉アマテラスのとりなしで、スサノヲは高天原《たかまがはら》での滞在を許された。だが、姉が寛容なことをいいことに、**彼のイタズラはエスカレートする**いっぽう。その態度は、高天原に住むほかの神々のひんしゅくを買わずにはいられなかった。

その反感を決定的なものとしたのが、「忌服屋《いみはたや》」事件だ。忌服屋とは、アマテラスに仕える女たちが、神々の衣服である「神御衣《かんみそ》」を織るためにもうけられた機織り小屋のこと。あるときスサノヲは、何を思ったか、マダラ模様の馬の皮をはぎ、忌服屋の天井に穴を開けて、そこから馬を放り込んだのだった。

なかで働いていた女たちが、パニックに陥ったのはいうまでもない。とりわけ悲惨だったのは、たまたま穴の真下で落下してきた馬の死体を見た女だ。彼女は驚愕のあまり転倒し、はずみで手にしていた「梭《ひ》」を放り出してしまう。梭とは、先が尖った機織り用の道具だ。運悪く、これが**彼女の股間を直撃**。哀れ、彼女は**これに性器を刺し貫かれて悶死**してしまったのだった。

ちょうどその場に居合わせて、女たちの仕事を指揮していたアマテラスも、この事故には強いショックを受けた。今度ばかりは弟をかばいきれないと悟った彼女はいたたまれなくなって、「天《あま》の岩屋《いわや》」と呼ばれる洞窟に駆け込む。そして岩の戸を閉ざしてしまったのだった。

華麗なるストリップショー

ところでアマテラスの名は、「天照」と書く。その名のとおり、彼女は世界を明るく照らし出す存在、すなわち太陽の化身だった。だから彼女が人前から姿を隠すことは、太陽が消えることを意味した。

事実、アマテラスが岩屋に閉じ込もった直後から、世界は闇に閉ざされた。すると、どこからともなく悪神たちがわき出し、いっ

せいに悪さを開始。天上の高天原はもちろん、今は「葦原《あしはら》の中《なか》つ国《くに》」と呼ばれるようになっていた地上にまで、不幸が蔓延した。

事態を憂慮した神々は、高天原を流れる「天《あめ》の安《やす》の河《かわ》」の岸辺に集まり、対策会議を開く。主導権を託されたのは、知恵者として名高い神、オモヒカネだ。彼は熟慮のすえ、アマテラスを岩屋から引っ張り出すために、**神々一同を役者に仕立てた大芝居を打つ**ことを提案する。結果、神々は脚本家と演出家を兼ねた彼の指示にしたがって、持ち場についた。

芝居は、集められたニワトリの鳴き声を合図に幕を上げた。それは、岩屋内のアマテラスに、夜が明けたことを告げるための効果音だった。次いで神々は、岩屋の前でにぎやかな大宴会をもよおした。**メインイベントは、妖艶な女神、アメノウズメがセミヌードを披露しながらくり広げる、ストリップまがいのダンスだ。**それを見て、男神たちが拍手喝さいする。ちなみに、彼女の舞はのちの神楽《かぐら》の起源となる。神楽は神々を楽しませる神事だったのだ。

みごとな連携プレイでアマテラスをおびき出す

同じころ、岩屋のなかのアマテラスは、外から聞こえてくる騒ぎ声に、首をかしげていた。自分が隠れている以上、外の世界は真っ暗なはず。みんな悲嘆に暮れているだろうとばかり思っていたのに、聞こえてくる声はやけに楽しそう。

そこで彼女は、入り口をふさいでいた岩戸を少しだけ開けて、外のようすをうかがいながら、何があったのかと、踊っているウズメにたずねた。ウズメが答える。「**あなた様よりももっとエラい神が現われたので、みんな喜んでお祝いしているのです**」。

すかさず、アメノコヤネとフトダマが前もって用意しておいた鏡を、アマテラスの前に差し出した。アマテラスはそこに映った自分の姿を見て、それが新たに現われたという神だと錯覚。その神をもっとよく見ようと、無意識のうちに足を一歩前へ踏み出し、岩屋の外に身を乗り出した。このタイミングを待ちかねていたのが、岩屋の戸のそばで待機していた力自慢の神、タヂカラヲだ。彼はすかさず手を伸ばしてアマテラスの腕をとらえ、グイと引っぱって彼女を外へ引きずり出した。

続いて、フトダマがすばやくアマテラスの背後に「しめ縄」を張り、「**この縄の向こうは立ち入り禁止です！**」と宣言。そう、今なお神社で見かけるしめ縄は、神の居場所を規定し、そこから神が出て行かないようにするという意味を持つ。このエピソードこそが、その起源なのだった。こうして神々は、息の合った連携プレイで、アマテラスを外へ呼び戻すことに成功。アマテラス自身も岩屋ごもりの試練をへることで、至高の神へレベルアップすることになる。いわばこの大芝居は、皇祖神としてのアマテラスの起源ともいえるのだ。

早とちりで五穀の神を殺害するスサノヲ

残る問題は、一連の騒動の元凶となったスサノヲの処分だ。神々は全会一致で、彼の永久追放を決定する。スサノヲは祓《はら》え（罪のあがない）としてヒゲと手足の爪《つめ》を切られ、高天原を追放された。

だが、**反省したようでも、もって生まれた粗暴な性格はすぐには変わらない**。高天原をあとにした彼は、腹を空かせたみじめな状態で地上を放浪。やがて出雲国《いずものくに》（現在の島根県）へ流れ着くが、その前にまたも**傷害致死事件を引き起こす**。

被害者の名は、オホゲツヒメ。自分の体内から食べ物を生み出すという特殊能力をもった女神だった。彼女は空腹のスサノヲをあわれみ、自分の能力で彼をもてなしてやろうとしたのだった。

しかし、**彼女が鼻の穴や口、果ては尻の穴から食べ物を取り出す**光景を目にしたスサノヲは、彼女が自分を侮辱するつもりで食べ物を汚しているのだと誤解。カッとなって、その場で彼女を斬殺する。

たしかに、**他人の尻から出た食べ物を、喜んで食べる者はいないだろう**から、彼が誤解したのも無理はない。だがそれにしても、いきなり斬殺したのはやりすぎだろう。親切心を仇《あだ》で返される結果になったオホゲツヒメは、いい面の皮だった。

とはいえこの事件は、その後の人類にとってはありがたい結果をもたらした。亡くなったオホゲツヒメの体からは、生糸の源となる蚕や、稲、粟、小豆、麦、大豆といった五穀の種が生じたのだ。

これらがやがて人類の生活を潤すようになったのは、事件を高天原から眺めていたカムムスヒの神のおかげ。この神は26ページで姿を隠したはずだったが、この場面以降は出雲《いずも》神話のなかで蘇生の母神として活躍する。彼女は、これらをいったん天上へ召し上げた後、改めて人類に授けたのだった。

だが、そのきっかけをつくったのは、あくまでスサノヲということになる。彼は高天原追放のときに「祓え」を受けていたことで、荒ぶる神から穀物の誕生を促す力を持った神へと成長していた。

豆知識こらむ

ベストなタイミングで挿入されたオホゲツヒメの逸話

オホゲツヒメの逸話によく似た神話は、東南アジア、オセアニア、南米などの各地にある。たとえばインドネシア神話では、ハイヌウェレなる少女が踊りながらサンゴ、黄金、磁器などの宝物を排泄するが、それを気味悪く思った人々に殺されてしまう。そしてその遺体から多種のイモが生え、人々の主食になったとされる。

オホゲツヒメの逸話は、これら海外の神話が中国経由で伝来し、日本神話に吸収されたものとみられる。『古事記』の編者が、これをあえて「スサノヲの高天原追放」と「ヤマタノヲロチ退治」との間に挿入したのは、展開の唐突感を削ぐ効果を意図したのかもしれない。功罪の両面を併せ持つこの逸話が前後の逸話の架け橋になることで、粗暴犯から英雄へ成りあがるスサノヲの変貌が段階的になったと読みとれる。アマテラスが岩屋ごもりをへて成長したように、彼もまた神として成長しつつあったのだ。

episode 2 スサノヲのヤマタノヲロチ退治

天の岩屋とヤマタノヲロチ

◆「ヤマタノヲロチ」～

不良神がつかんだ英雄になるチャンス

前項の最後で触れたとおり、スサノヲは手のつけられない不良だったが、後世には英雄として名を残した。そんな彼の名声を決定づけたエピソードが、本項でご紹介する「**ヤマタノヲロチ退治**」だ。彼がこの怪物と対決したのは、オホゲツヒメ斬殺事件から、まもなくのことだった。

出雲国《いずものくに》（現在の島根県）をさまよっていた彼は、川のほとりで上流から流れてきた箸《はし》を発見。上流に人家があるらしいと悟り、川をさかのぼっていった。確かに上流には家があり、そこには老いた夫婦と美しい娘が住んでいた。だが、彼らは幸福そうではなく、そろってシクシク泣いていた。

スサノヲがわけを聞くと、もともと夫婦には八人の娘がいたが、残っているのはここにいるクシナダヒメだけで、後は毎年一度やってくるヤマタノヲロチなる大蛇に、ひとりずつ食われてしまったのだという。**ヲロチは目が真っ赤で、巨大な胴体に八つの頭と八つの尻尾を持ち、体にコケやヒノキやスギを生やして、いつも腹から血を流している**そうだ。今年もそろそろやってくる時期で、一家はもうすぐクシナダヒメも犠牲になると悲観し、それを嘆いていたのだった。

事情を聞いて、スサノヲは奮起する。彼は自分がアマテラスの弟で、高天原《たかまがはら》からきた神であることを明かすと、「ヲロチを退治してやるから、クシナダヒメを嫁にくれ」と、夫婦に申し出た。夫婦が喜んで承諾したのは、いうまでもない。

怪物を倒し、妻と宝剣をゲット

スサノヲは夫婦に命じて戦いの準備をさせた。まずは強い酒を大量につくらせ、八つの酒樽に分けさせる。次に、家の周囲に垣根をめぐらし、その八カ所に門を設けて、それから各門に酒樽を置かせた。

いっぽうで、スサノヲは神ならではの能力を用い、クシナダヒメの姿を小さな櫛《くし》に

変え、自分の頭髪に刺している。ヲロチの目から隠そうという配慮だろう。

以上の準備がすべて整ったころ、いよいよヲロチが姿を現わした。スサノヲのねらいどおり、ヲロチは酒のにおいにひかれ、本来の目的であるクシナダヒメを探すのを後回しにしたのか、まっすぐ八つの門を目指した。そして八つの頭をそれぞれの門に突っ込んで、八つの酒樽を同時に飲み干したのだった。

やがてヲロチは、酒が回ってすっかり酔いつぶれ、その場で寝込んでしまう。**スサノヲは、待ってましたとばかりに飛び出して、腰の剣を抜くなり、ヲロチの体を切り刻み始めた。**その途中で、剣が何か固いモノにあたり、刃が欠けるというアクシデントがあったが、とにかくヲロチ退治には成功したのだ。

スサノヲの剣を欠けさせたのは、ヲロチの体内に埋まっていた見事な宝剣だった。彼はヲロチの尾を裂いて取り出したこの剣を、高天原を統治する姉・アマテラスに献上することにした。

この宝剣はのちに「草薙《くさなぎ》の剣《つるぎ》」と命名され、『古事記』の物語上で、大きな役割を演じることになる。この逸話には、出雲の土地神であるヤマタノヲロチを高天原から降りてきた新しい神（スサノヲ）が倒すという意味がある。これはのちに出雲が高天原に服従する伏線になっているとも読みとれる。

episode 2

天の岩屋とヤマタノヲロチ

出雲《いずも》で繁栄するスサノヲ

◆「須賀の宮と八雲神詠歌」～

すがすがしい気分で新婚生活スタート

見事ヲロチを退治したスサノヲは、約束どおり、豊穣を表わす稲の女神と解釈されているクシナダヒメを妻に迎える。そしてそのまま出雲に定住することに決め、新居を設けた。新居を建てた場所は、現在の島根県雲南市にある須賀《すが》という地だ。そもそもこの地名は、スサノヲが「ここに来て心がすがすがしくなった」との感想を漏らしたことに由来するという。「**何だ、ダジャレかよ**」と思われるかもしれないが、概して地名とはそんな他愛もない理由からつけられるものだ。

ちなみにこのときスサノヲが構えた邸宅は、今も同地に残っている。須賀神社という神社がそれだ。この神社、「日本初之宮」という異名をもつ。「宮」とは、元来は神が住む家を指す言葉。のちにそれが神社という意味に転じたのだ。つまりスサノヲが出雲に家を建てたことが、その後の全神社の起源となったのだった。

神社を管理する人々のことを「神職」というが、その第一号もやはり、須賀神社から生まれた。それは、クシナダヒメの父親だった。彼は本名をアシナヅチといったが、スサノヲが彼にイナダノミヤヌシ・スガノヤツミミという新たな名を与え、新居の管理を任せたのが、神職のルーツだといわれている。

こうして新妻や義父母とともに新生活をスタートするにあたり、スサノヲは「**八《や》雲《くも》立つ　出雲八重垣《いずもやえがき》　妻ごみに　八重垣つくる　その八重垣を**」という歌を詠んでいる。新居から雲がわき出したのを見て、自然とスサノヲの口をついて出た歌だそうだ。現在の須賀神社の境内にも、この歌を刻んだ石碑が建っている。

六代後にオホクニヌシ誕生

さて、スサノヲとクシナダヒメとの間には、やがてヤシマジヌミという子が生まれた。その後、スサノヲは別の女性との間にも、オホトシ、ウカノミタマという二児をもうけ、着々と家族を増やしていく。

長男のヤシマジヌミも結婚して子をなし、その子がさらに子をもうけ……といった具合に、彼らの一族は出雲で長く繁栄を誇った。『古事記』は彼らの名と、それぞれの妻の名をいちいち記録しているが、長くて呪文みたいな名が多く、ややこしいので、ここでは割愛させていただく。

ただし、スサノヲから数えて、**六代後の子孫にあたるオホクニヌシの名だけは覚えておかないと、話が先へ進まない**。次なるエピソードからは、彼が主役になるからだ。オホクニヌシには、オホアナムヂ、アシハラノシコヲ、ヤチホコ、ウツシクニタマという複数の異名がある。異名が多いのは、力の強い神である証だ。これひとつとっても、スサノヲの子孫のなかで、彼が突出して偉大視されていることがわかるだろう。

オホクニヌシは、各地方の豪族たちが祀《まつ》っていた「国《くに》つ神《かみ》」を凝縮したような神格だった。国つ神とは、地上に生まれた神々の総称で、アマテラスに代表される高天原の神々、「天《あま》つ神《かみ》」とは異なるグループに属している。よって、葦原《あしはら》の中《なか》つ国《くに》の王となったオホクニヌシが、のちにその国をアマテラスに譲るエピソードは、各地方の豪族がアマテラスを始祖とする大和王権に服属していった歴史背景を描いている神話だということになる。

豆知識こらむ

日本最初の和歌は、スサノヲの自画自賛!?

須賀《すが》に新居を構えた際にスサノヲが詠んだ歌は、「五・七・五・七・七」の形式にのっとっている。すなわちこれは、「短歌」と呼ばれる「和歌」の一種なのだ。

歴史を語りつつ、随所でこうした和歌を紹介するのは、『古事記』の特色のひとつ。スサノヲの歌は、なかでも一番最初に登場する。

このことから、スサノヲは和歌の創始者ともいわれている。粗野な武人が、文学や音楽などの芸術方面に意外な才能を発揮した例は少なくないが、スサノヲもその一例だったようだ。

ちなみに彼の歌を現代語に訳すと、「雲がさかんに立ちのぼる出雲の国。その地に幾重にも垣根をめぐらしたぞ。新妻を囲う八重の垣をな。おお、そのみごとな八重垣よ」となる。一見、自画自賛のようだが、これは新築を祝って家の安全と長久を求めて唱える呪文「新室《にいむろ》寿《ほ》ぎ歌《うた》」と呼ばれるもの。新築祝いの儀礼のなかで詠まれた背景がある。

episode 3

ウサギを助ける若きオホクニヌシ

オホクニヌシの国づくり　◆「稲羽の素兎」～

目立たない存在だったオホアナムヂ

本項からはスサノヲに代わり、彼の子孫であるオホアナムヂ（のちのオホクニヌシ）が主人公となる。だが彼は、よくも悪くも生まれたときから異彩を放っていたスサノヲとは対照的に、若いころは目立った存在ではなかった。**性格がおとなしいため、兄弟たちからは、いつも馬鹿にされていた**のだ。

この兄弟の神々を、総称して「八十神《やそがみ》」という。八十神はその全員が、ヤガミヒメなる女性との結婚を望んでいた。彼女は稲羽国《いなばのくに》（現在の鳥取県）に住んでいた。ある日、八十神はこぞって彼女にプロポーズすべく、稲羽に出かけていく。

このときも**オホアナムヂは、彼らの荷物持ちとしてこきつかわれていた**。手ぶらの八十神は彼を置いてさっさと先へ行ってしまい、オホアナムヂだけが重い荷物を単独で背負って、えっちらおっちら、それを追うことになったのだ。

やがて海岸を通りかかったところで、彼は**毛皮をはがされて丸裸にされたウサギ**が、シクシク泣いているのに出くわす。わけを問うと、ウサギは語り始めた。

「じつはボク、もともとは隠岐島に住んでたんです。でも、どうしてもこっちの海岸に来たかったんで、海のサメたちをだましたんです。『ボクの一族と、キミたちの一族と、どちらが多いか比べっこしようよ』ともちかけ、彼らの数を数えるという名目で、サメたちを島からこの海岸まで、一列に並ばせました。で、数えるふりをしてその背中を踏み越え、こちらへやってきたんです。でも着地の寸前でつい、『**キミたち、まんまとだまされたね**』と、本当のことをバラしちゃったのが失敗でした。怒ったサメにつかまって、皮をはがれてしまったのです」。

9 ヤガミヒメのハートを射止める

ウサギの身の上話は、さらに続いた。「痛くて泣いてたら、ついさっきここを通りかかった神様たちが、『海水を浴びて風で乾

かせば痛みが取れるぞ』と教えてくれました。で、言われたとおりにしたのですが、海水の塩が染みてますます痛くなるばかりなんです。シクシク……」。

そう、**八十神はそろって底意地が悪く、ウサギにわざと大うそを教えたのだった。**オオアナムヂはウサギを哀れみ、正しい治療法を教えてやることにした。「すぐに川へ行って、真水で体を洗うことだ。それから、川原に生えている蒲《かま》の穂綿を集めて地面に敷きつめ、その上で寝転んでいるといい」。ウサギが言われたとおりにすると、今度は確かに効果があった。まもなくウサギの体は、元どおり毛に包まれたのだ。

感激したウサギは、オオアナムヂに予言する。「あなたの兄弟の誰も、ヤガミヒメを妻に迎えることなんてできやしません。彼女を手に入れるのは、あなた様ですよ」。これは適当なデマカセではなく、事実だった。

ちょうどそのころ、八十神から求婚されたヤガミヒメは、「**オオアナムヂ様に嫁ぎたい」と宣言**。彼らを激怒させていたのだ。どうやらウサギには、予言能力があったらしい。それにしても、そんなウサギがサメをだました際、**どうして自分の運命を見通せなかったのか**、八十神にだまされた際、**なぜ彼らのうそを見抜けなかったのか**は、おおいなる謎というしかない。

豆知識こらむ

ウサギにだまされたのは、サメかワニか？

「稲羽《いなば》のシロウサギ」の逸話は、海外にもこれとよく似た伝承がある。ただし、インドネシアでは小鹿、ニューギニアではサル、インドのパンジャブ地方ではジャッカルと、主人公になる動物はまちまちだ。対して、彼らにだまされるのは、サメやほかの動物ではなく、つねにワニと決まっている。

じつは『古事記』でも、原文には「和邇（ワニ）」と記述されている。しかし日本にワニは生息していないし、能登半島以西にはサメをワニと呼ぶ方言があるので、この和邇は伝統的に、サメのことだと解釈されてきたのだ。

さらにこのサメは日本海に生息する「ギンザメ」とする説が有力だ。のちに登場するホヲリが海底から地上へ帰るときに「一尋和《ひとひろわ》爾《に》」に乗って帰るという記述がある。この一尋和爾が「佐《さ》比《ひ》持《もちの》神《かみ》」（刀を持った神の意味）と名付けられることから、背中に刀のような背ビレを持つサメという解釈があるのだ。

episode 23

オホクニヌシの国づくり

殺されてもよみがえる主人公

◆「オホアナムヂの受難」〜

八十神《やそがみ》たちのイジメによって二度死亡

善良な者ほど、意外と他者の気持ちには鈍感なもの。オホアナムヂはその典型だった。「結婚するならオホアナムヂ」——ヤガミヒメのこの一言がきっかけで、**八十神《やそがみ》たちのオホアナムヂに対する気持ちは嫉妬と憎悪に変わった**が、彼はその敵意に一向に気づかなかったのだ。

それをいいことに、八十神たちは彼に陰湿な罠を仕掛ける。彼をイノシシ狩りに誘い、「自分たちが山の上からイノシシを追い立てるから、下で待ち伏せして仕とめろ」と指示したうえ、**真っ赤に焼けた大岩を山頂から転げ落とした**のだ。

さて、オホアナムヂはこのピンチをどう切り抜けたのか？　**じつは切り抜けられなかった**。あっさり岩の下敷きになり、死んでしまったのだ。**まだろくに活躍していない主人公が、いきなり死んでしまう**とは、何とも意表を突く展開だ。

しかしもちろん、物語はここで終わりではない。息子の死を嘆いたオホアナムヂの母が、遠縁にあたる高天原《たかまがはら》の神々に懇願してくれたおかげで、彼は**ペシャンコの状態から回復**。大火傷も治って見事復活を遂げたのだった。

それを知った八十神たちは、ふたたびオホアナムヂを山に誘い出し、今度は巨木の割れ目に押し込めて圧殺する。このときも母が復活させてくれたからよかったようなものの、一度ならず二度までもだまされるとは、**オホアナムヂもお人よしすぎるという**ものだろう。しかし、復活した彼は「うるはしき壮夫《をとこ》」と呼ばれるようになる。死から再生することは、少年から青年への成長を意味したのだ。

9 再登場したスサノヲによる試練

母に続いて彼を助けてくれたのは、オホヤビコという神だった。彼はのちの「紀伊国《きのくに》」、すなわち現在の和歌山県にあたる「木の国」に住んでいたのだが、オホアナムヂの母とは旧知の間柄だったらしい。その母から頼まれて、しばらくオホアナムヂの身柄を預かることになったのだ。いうまでもなく、母がオホアナムヂを彼に託したのは、八十神たちの魔手から息子を守り、その身を隠すためだった。

ところが**八十神たちは執拗にオホアナムヂを探し、その居所をつきとめ、やがて**

武装して木の国へ押しかけてくる。男気に満ちたオオホヤビコは、彼らの脅迫に屈することなくオホアナムヂをかくまい、抜け道からこっそり彼を脱出させた。この際、オホヤビコは意外な事実をオホアナムヂに告げる。「根《ね》の堅州《かたす》の国《くに》」に行き、そこを支配しているスサノヲを頼れというのだ。

スサノヲとは無論、オホアナムヂの前に『古事記』の主人公を務めた、あのスサノヲのことだ。彼は、六代後の子孫であるオホアナムヂの時代になってもいまだ健在で、いつのまにか、出雲国《いずものくに》（現在の島根県）から根の堅州の国へと居を移していたらしい。思い返せば、彼は若いころから、しきりにこの国へ行きたがっていた。出雲での子孫繁栄を見届けたのち、ある時点でその念願をかなえたのだろう。

オホアナムヂがオホヤビコの指示にしたがい、根の堅州の国を訪ねたことで、物語は**旧主人公と新主人公の競演**という、劇的な展開を迎えることになる。しかし**再登場したスサノヲは、オホアナムヂに冷たかった**。

スサノヲはかつて暴れん坊だった。そんな彼の目には、温和なオホアナムヂが、軟弱に思えたのだろうか。スサノヲの娘であるスセリビメが、オホアナムヂと出会った途端、相思相愛の仲になったことも気に入らなかったようだ。ここから地下世界の神スサノヲによる過酷な試練がオホアナムヂを待ち受けることになる。

2度死んでよみがえるオホアナムヂ

死	八十神たちにだまされ、手間の山で真っ赤に焼けた大岩を落とされて焼きつぶされる
再生	母神が高天原のカムムスヒに助けを求め、2柱の女神がオホアナムヂを治療する
死	八十神たちに大木の裂けめに押し込められ、圧死させられる
再生	母神が助け出し、木の国（現在の和歌山県）にオホアナムヂを逃がす

1度目に焼き殺されたオホアナムヂを治療した2柱の女神は、キサガヒヒメという赤貝の神とウムカヒヒメという蛤《はまぐり》の神だった。彼女たちは赤貝の殻の粉を蛤の出す汁で溶いた母乳状の液体を、火傷の薬としてオホアナムヂの体に塗った。

9 今度はスサノヲにいじめ倒される

スサノヲはとりあえずオホアナムヂを自宅に居候させることを許したが、**彼にあてがったのは、ヘビのはう部屋**だった。あからさまな嫌がらせだ。

ここでオホアナムヂは、スセリビメに助けられる。彼女が父の目を盗んで、ヘビをおとなしくさせる呪力を秘めた布をこっそり手渡してくれたおかげで、ヘビを気にせず安眠することができたのだった。

次の晩、スサノヲはオホアナムヂを、**ムカデとハチでいっぱいの部屋に寝かせた**が、結果は同じ。このころから、スサノヲはオホアナムヂを泣かせてやろうと意地になったのか、**嫌がらせはしだいに過激化**していくことになる。

あるときスサノヲは、野原に矢を射てその矢をオホアナムヂに探させ、そのうえで野に火を放つことまでした。もはや相手が死んでもいいとまで思っていたのだろうか？　実際、スセリビメも今度ばかりはオホアナムヂを助けることができず、彼が焼け死んでしまったものと信じて、悲嘆に暮れた。だが、オホアナムヂは生還を果たした。彼を助けたのは、ネズミであった。ネズミに地下の穴の存在を教えられた彼は、そこに退避して炎をやり過ごしたのだ。

9 スセリビメをさらって見事地上の王へ！

次なるスサノヲの嫌がらせは、**自分の頭のシラミ取りを、オホアナムヂに命じる**といったものだった。ただのシラミ取りでもイヤな仕事だが、スサノヲのいうシラミとは、じつは無数のムカデのこと。頭にムカデを住まわせているとは、**スサノヲのエキセントリックさにもほどがある**というものだが、それはさておき――。

オホアナムヂはスセリビメからもらった木の実と赤土を口に含んで、かみつぶしては吐き出す、ということをくり返しつつ、この作業にいそしんだ。スサノヲは吐き出されたものを見て、彼がムカデをかみ殺していると力ン違い。「**ほう、なかなか豪胆な奴だ**」と、少し彼を見直し、つい居眠りしてしまった。

それを確認したオホアナムヂは、初めてスサノヲに反旗を翻す。彼の長い髪の毛を屋根にしばりつけるなり、スセリビメをさ

らって駆け落ちを計ったのだ。しかもついでに、スサノヲが所蔵していた三つの秘宝、「生太刀《いくたち》」「生弓矢《いくゆみや》」「天《あめ》の沼《ぬ》琴《ごと》」を盗み出した。**これまでとはうって変わった、したたかな行動だ。**異世界のアイテムを手に入れることが、地上の王にレベルアップするための条件だったのだ。

駆け落ちの際、天の沼琴が木に触れて音を立てたため、スサノヲは飛び起きた。が、縛られた髪をほどくのに手間取り、すぐにはオホアナムヂたちを追いかけられない。その間にオホアナムヂとスセリビメは、早くも地上への出口に続く、「黄泉《よも》つ平《ひら》坂《さか》」へさしかかっていた。

ようやくそこまで追いかけてきたスサノヲは、坂を駆けあがっていくオホアナムヂの背中を遠目に見て、追跡を断念。自分がまんまと一杯くわされたことを認めつつも、それを悔しがることなく、逆にオホアナムヂのしたたかさを讃える。「その生太刀と生弓矢で兄弟たちを追い払い、葦原《あしはら》の中《なか》つ国《くに》の支配者になれ。**オホクニヌシと名乗ってわが娘スセリビメを妃にするがいいぞ、こいつめ！**」

オホアナムヂがオホクニヌシと呼ばれるようになったのは、このときからだった。地上の王となるものは異界の力を身につける必要があった。スサノヲのイジメは、じつは愛のムチだったのだ。

オホアナムヂの試練

一　ヘビがはう部屋で寝かせられる

スセリビメがヘビをよけるヒレ（女性が肩にかける薄いベール）を渡してくれる

↓

二　ムカデやハチでいっぱいの部屋で寝かせられる

スセリビメがムカデとハチをよけるヒレを渡してくれる

↓

三　野原で矢を探させられ、火を放たれる

ネズミが「内はホラホラ、外はスブスブ」と助言し、矢を見つけてくれる

↓

四　スサノヲの頭のムカデを取る

スセリビメに渡されたムクの実をかみ、ムカデをかみ殺しているフリをする

episode 23

オホクニヌシの国づくり ◆「国づくりをする」〜

地上の王となり、絶好調のオホクニヌシ

地方の女性を次々に口説く

地上へ帰還したオホアナムヂは、スサノヲに言われたとおり、オホクニヌシと改名。生太刀《いくたち》、生弓矢《いくゆみや》という強力な武器を用いて、**かつて自分を迫害した八十神《やそがみ》たちを駆逐**し、出雲国《いずものくに》（現在の島根県）を拠点とする葦原《あしはら》の中《なか》つ国《くに》の王となった。

このとき、彼が八十神たちに対して示した苛烈な姿勢は、以前の温和なオホアナムヂにはなかった一面だ。だが、王ともなれば、ときにはこうした冷徹さも必要。ここでは試練をへて大きく成長した姿がうかがい知れる。

もっとも、彼が変わったのは、敵に対する態度だけではなかった。同時期から彼は、恋愛に対してもやけに積極的になり、各地の女性を次々に口説いて回る、プレイボーイになってしまっている。その最初のお相手は、彼が八十神に憎まれるきっかけとなった、ヤガミヒメだった。もともと彼に好意を持っていたヤガミヒメは、

オホクニヌシの求愛にすぐに応じ、まもなく彼との間に子をもうけた。しかしヤガミヒメは、やがて正妻スセリビメの嫉妬にさいなまれ、わが子を出雲に残したまま、泣きながら稲羽国《いなばのくに》（現在の鳥取県）へ逃げ帰ってしまう。

にもかかわらずオホクニヌシは、**妻と愛人の確執を気に留めたようすもなく**、そのころには早くも新たな恋に没頭。高志国《こしのくに》（現在の新潟県）にまで遠征し、ヌナカハヒメなる美女の攻略に励んでいた。古代においては、恋愛遍歴の多彩さもまた、王の条件。**色ごのみは立派な男の甲斐性であり王としての資格**だった。この思想がのちに『源氏物語』などのルーツになったと考えられる。そして覇権を拡大するには、各地方の象徴である姫たちとの結婚が必須だったのだ。

しかし、国づくりのためとはいえ、複数の女性と結婚していく夫に正妻スセリビメは苦悶する。オホクニヌシはしだいに彼女の嫉妬をうとましく思うようになり、一時はついに、**彼女との別居まで決意**した。だが結局、スセリビメは別居寸前にいじらしい歌を詠むことで、夫の愛を取り戻す。男は、自分の非を面と向かって責められるより、けなげに耐える女の姿にこそ、反省を促されるもの。オホクニヌシも、例外ではなかったのだ。ただし、これを機にオホクニヌシの浮気がやんだわけではない。彼はその後もタキリビメ、カムヤタテヒメ、トトリといった女神たちと関係を持ち、彼女らがそれぞれ子を生んだことで、彼の子孫は十数代にわたって、繁栄を重ねていく。

9 小さくても頼りになるスクナビコナ

無論、オホクニヌシも色恋ばかりにうつつを抜かしていたわけではない。葦原の中つ国の王として、ちゃんとやるべきことはやっていた。その仕事を手伝ったのは、スクナビコナという小人サイズの小さな神だった。

ガガイモの船に乗って海上を旅していたとき、オホクニヌシと運命的な出会いを果たしたこの神は、初めみずからの名を名乗らなかった。困惑したオホクニヌシが、カエルや物知りのカカシに相談したところ、やがて別天《ことあま》つ神《かみ》の一柱、カムムスヒの子であることが判明。以後、オホクニヌシは国を治めるにあたり、このスクナビコナの持つ知識を、おおいにアテにするようになったのだった。

ただし、じつは『古事記』は**その知識の具体例を、何ひとつ記録していない**。スクナビコナの業績は、『日本書紀』や『播磨国風土記』などの別の文献によってうかがい知れるのだ。これらによれば、彼はとりわけ人や動物の病気の治療法や、害獣・害虫の駆除法にくわしく、その普及に努めたとされている。

9 第二の相棒、オホモノヌシ登場

そのスクナビコナが、あるとき唐突に海の向こうにあるという異国、「常世《とこよ》の国《くに》」へ渡ってしまい、姿を消したのは、オホクニヌシにとって大きな痛手となった。オホクニヌシはひどく落胆し、「自分ひとりでどうやって国を治めていけばいいのか」と、**久しぶりに軟弱な面を露呈**。泣き言を漏らしたという。

けれども、捨てる神あれば拾う神ありとはよくいったもの。まもなくオホクニヌシは、スクナビコナに代わる第二の相棒と出会う。その名はオホモノヌシ。スクナビコナ同様、海からやってきた、光り輝く神だった。

奇妙なことに、『古事記』はなぜか彼の名を明かしていない。なのにどうして彼がオホモノヌシだとわかるのかといえば、彼がオホクニヌシに、「自分を倭《やまと》の東の山の上に祀《まつ》れば、国づくりに協力する」と申し出ているからだ。

スクナビコナに去られて心細くなっていたオホクニヌシは、喜んでこの要求に応じたとされる。つまり、倭の東の山に、彼のための神社を建ててやったのだ。倭とは現在の奈良県であり、その東にある山といえば、三輪山《みわやま》を指す。三輪山に建てられたこの神社は今も健在で、大神神社《おおみわじんじゃ》として知られている。この大神神社に祀られている神が、ほかでもないオホモノヌシというわけだ。

例によってオホモノヌシの具体的な業績を、『古事記』は記録していない。だが『日本書紀』には、「あなたは誰か?」とオホクニヌシに問われた彼が、「汝の幸魂《さきみたま》・奇魂《くしみたま》なり」と答えたとあり、これがオホモノヌシの正体を探るヒントになっている。簡単にいえば、**オホモノヌシはオホクニヌシの分身らしい**のだ。ならば名前がよく似ているのも納得だろう。

9 地上の平和に暗雲が立ち込める

こうして紆余曲折ありながらも、オホクニヌシは着々と政権基盤を固め、葦原の中つ国を繁栄に導いていった。その国づくりの事業がほぼ完成したころ、思いがけない横槍が入る。長らく地上のことなどほったらかしにしていた高天原《たかまがはら》のアマテラスが、どういう気まぐれでか、**いきなり地上に関心を向けた**のだ。

彼女はまず、かつてスサノヲとウケヒを交わした際に誕生したわが子の一柱、アメノオシホミミを派遣し、地上のようすを探らせた。その報告は、「**地上はとっても無秩序な状態です**」といったもの。彼らはウサギやカエルが話している世界を「無秩序」と判断したのだ。「**ならばわれらが治めてやるのが、地上の人間たちにとっても幸福というものだろう**」と、アマテラスもきわめて一方的な判断を下す。そうして彼女は、かの知恵者オモヒカネたちと相談のうえ、やはりスサノヲとのウケヒで生まれた神であるアメノホヒを天つ神《あまかみ》の代表として、地上へ送り出したのだった。

ところがアメノホヒは、地上でオオクニヌシと対面するなり、彼に心服し、その家来になってしまう。そしてそのまま三年たっても、高天原へは何の連絡もよこさなかった。この事実は、オホクニヌシが強いカリスマ性を備えた立派な王だったことの、あかしといえよう。ちなみに、このように失敗をくり返して最後に成功するパターンは『古事記』の物語でよく出てくる。

地上侵攻がはかどらぬことにイラ立ったアマテラスは、再度オモヒカネと相談。今度はアメワカヒコなる神に、「アメノマカコ弓」「アメノハハ矢」という武器を授けて、地上へ遣わす。天つ神による葦原の中つ国への侵略が、いよいよ本格的に始まろうとしていた。

オホクニヌシと相棒たちのゆかりの地

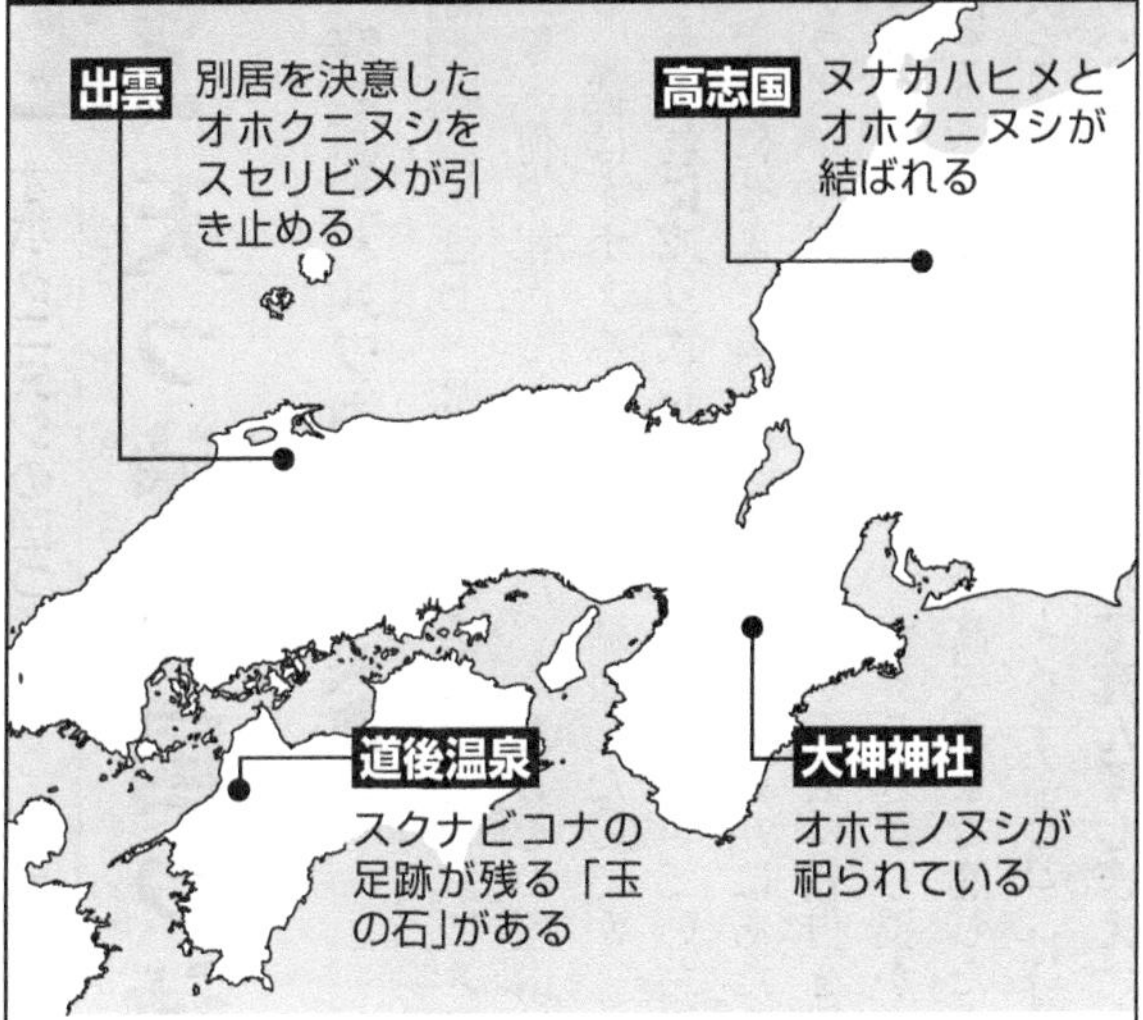
出雲
別居を決意したオホクニヌシをスセリビメが引き止める
高志国
ヌナカハヒメとオホクニヌシが結ばれる
道後温泉
スクナビコナの足跡が残る「玉の石」がある
大神神社
オホモノヌシが祀られている

国づくりを始めたオホクニヌシは「ヤチホコ」という名で、各地に恋物語を残している。

スセリビメは「私には夫はあなたしかいません。どうかもう一度抱きしめて」という歌でオホクニヌシを引き止めたのよ

episode 3 天《あま》つ神《かみ》VS国《くに》つ神《かみ》 ◆「アメワカヒコの反逆」〜

9 野心家アメワカヒコの失敗

高天原《たかまがはら》より地上へ派遣された第二の使者、アメワカヒコもまた、八年にわたって高天原へ何の報告もしなかった。ただしその理由は、前任者アメノホヒとはやや異なる。彼はオホクニヌシの娘と結婚したのだが、義父に心服していたわけではなく、**いずれそれに成り代わろう**との野心を抱いていたのだ。

いずれにせよ、これは高天原への裏切りにあたる。その裏切りがバレたのは、アマテラスがキジを密使として遣わし、彼に報告を催促したのがきっかけだった。アメワカヒコはよりによって、アマテラスから授かった弓矢でこのキジを射殺。キジの体を貫いたこの矢が、天上の高天原まで達したのだ。

矢を見つけたタカギ（タカミムスヒの別名）は疑念を抱き、「**もしアメワカヒコが裏切ったのなら、これに当たって死んでしまえ**」との**呪文**をかけ、地上へ投げ返した。果たして、矢はアメワカヒコに命中し、彼の命を奪うことになる。

地上で行なわれたアメワカヒコの葬儀には、彼の親族など、高天原の神々も参列した。ここで、**ちょっとしたハプニング**が起こる。アヂシキタカヒコネという天《あま》つ神《かみ》が、たまたまアメワカヒコにうりふたつだったため、彼の未亡人は夫が生き返ったと錯覚。泣きながら彼に抱きついたのだ。

だが、かつてイザナキが黄泉《よみ》の国《くに》から生還して以来、死者を穢《けが》れた存在とみなすのが、天つ神の伝統的価値観だ。穢れた死者と間違われて、アヂシキタカヒコネは激怒。暴れ回って**葬儀をメチャクチャにしてしまう**。こうして、身のほど知らずの野心を抱いたアメワカヒコは、死後までその報いを受けたのだった。

9 タケミカヅチの圧倒的な戦闘力

いっぽう、業を煮やしたアマテラスは、第三の使者としてタケミカヅチを派遣。単刀直入に、「**葦原《あしはら》の中《なか》つ国《くに》の支配権を天つ**

神に譲れ」と、オオクニヌシに申し入れさせた。このときタケミカヅチは、**剣を逆さにして海中に突き立てて、その剣の上にあぐらをかくというマジシャンのような得体の知れない術**で、オオクニヌシら国《くに》つ神《かみ》を威圧している。

理不尽な要求に、オオクニヌシはさぞかし腹わたの煮えたぎる思いを味わったことだろう。だが、彼は戦って勝てる相手ではないと直感。「自分の一存では決められない。息子たちの意見を聞きたい」と、子供たちに期待を託した。

その息子の一柱《はしら》、コトシロヌシは腰抜けだったので、あっさり国を譲ろうと返答する。対してもう一柱のタケミナカタは、大岩を軽々と持ち上げるほどの力自慢で、性格も好戦的。果敢に、タケミカヅチに力比べを挑んだ。

が、**タケミカヅチの戦闘力は想像をはるかに超えていた**。彼は自分の腕を剣に変形させてタケミナカタの接近をはばんだかと思うと、まるで萌え出たばかりの葦をつかむように相手の両腕をつかみ、投げ飛ばしてしまった。

戦意を喪失したタケミナカタは、諏訪《すわ》の海（現在の長野県）まで逃走したあげく、追いかけてきたタケミカヅチに、「殺さないでくれ！」と、**命乞いまでする**ことになる。万事休す。息子の完敗を知ったオオクニヌシは、長年手塩にかけて育ててきた葦原の中つ国を、とうとう天つ神たちに明け渡す決心を固める。

豆知識こらむ

日本最初の力士!? タケミカヅチとタケミナカタ

日本の国技である相撲は、元来は単なる格闘技やスポーツではなく、神社などで神に捧げられる儀式、つまり神事だった。その起源になったのが、天《あま》つ神《かみ》タケミカヅチと、国《くに》つ神《かみ》タケミナカタとの一戦だといわれている。

なるほど両雄の対決は、天地双方の神々を興奮させたに違いない。そのようすは、ひいきの力士の勝利を願いつつ土俵を見守る、相撲ファンに通じるものがあろう。

勝者タケミカヅチが、その後武神として崇拝されるようになり、今も茨城県の鹿島神宮をはじめ、各地の鹿島神社に祀《まつ》られているのは当然だが、敗者タケミナカタも、けっして不遇ではない。彼もまた、狩猟の神として長野県の諏訪大社など、全国の諏訪神社に祀られ、人気を集めている。

熱心な相撲ファンは、ひいきの力士が負けた後も、声援を送り続けるものだ。タケミナカタを支えたのは、そんなファンたちの声援だったのかもしれない。

episode 4 ニニギの天孫降臨

天孫降臨と海幸山幸 ◆「天孫の誕生と降臨の神勅」～

さらばオホクニヌシ、ようこそニニギ

オホクニヌシは、地上の王権を天《あま》つ神《かみ》に譲渡するにあたり、ひとつだけ条件を出した。出雲国《いずものくに》（現在の島根県）に自分の豪邸を建ててくれ、というのだ。それで流血なしに地上が手に入るなら安いものだとばかり、天つ神側はその要求をのむ。こうして建てられたのが、今も全国有数の神社のひとつとして知られる、出雲大社だ。

のちに日本では、**戦いや政争で敗れた者の魂を神社に祀《まつ》ることで、その恨みを鎮めようとする御霊信仰**が定着したが（菅原道真を祀った天満宮、平将門を祀った神田明神など）、出雲大社はそのルーツともいわれている。

ところで、オホクニヌシに代わる地上の王として、最初にアマテラスが目星をつけたのは、わが子アメノオシホミミだった。だがアメノオシホミミは、その役を辞退。代わりに、生まれたばかりの自分の子、ニニギを推薦した。

この推薦を受けて、アマテラスはさっそくニニギを地上へ送ることにしたが、このとき彼女は、ニニギが自分の孫であることを示す証拠として、「八尺《やさか》の勾玉《まがたま》」「八《や》尺《た》の鏡《かがみ》」「草薙《くさなぎ》の剣《つるぎ》」の三品を、彼に授けている。最初のふたつは、アマテラスが岩屋に閉じ込もったとき、彼女を引っ張り出すのに用いられた小道具。最後のひとつは、スサノヲがヤマタノヲロチの体内から発見したものだ。

この三品が、**現在まで天皇家の家宝として伝わっている**「**三種の神器**」であることは、いうまでもあるまい。このことは、ニニギこそが天皇家の祖となったことを示している。じつは天皇家の即位の儀式、「大嘗祭《だいじょうさい》」では、即位する新天皇は、新たな肉体を得て再生した祖神に見立てられる。だからこそ祖神には、新たな肉体の主にふさわしい、生まれたての若き神ニニギが選ばれたのだろう。

サルタビコとアメノウズメ

さて、ニニギがいざ地上へ降りようとし

たとき、途中の「天《あま》の八衢《やちまた》（辻《つじ》）」なる地点で、一柱《はしら》の神が彼を待ち受けていることが判明した。警戒した天つ神らは、ひと足先に邪気を祓う力を持つ女神、アメノウズメ（アマテラスの岩屋込もりの際、ストリップショーをした女神）を派遣。彼の身元を問いたださせた。相手は国つ神のサルタビコと名乗り、「ニニギ様の先導役をつとめたい」と申し出る。サルタビコはのちに道案内の神となり、アメノウズメと男女一対の形で道祖神《どうそじん》（村境などを守る神）としても信仰されるようになる。

安心したニニギは、彼に警護を任せ、アメノウズメほか、数柱の神々を引き連れて、いよいよ地上へ降り立った。最初に降りた地は、日向《ひむか》の高千穂《たかちほ》（現在の宮崎県の高千穂とも、鹿児島県の霧島山ともいわれるが、正確な位置は不明）だった。

このときニニギのともをした神々は、それぞれ貴族となって天皇家に仕えるようになったが、**臨時雇いのサルタビコは、やがて解雇され、故国へ帰された**。しかし彼は、道祖神として、その後も長く信仰されることになる。

ニニギの命を受けてサルタビコを故国まで送っていったのは、最初に彼と言葉を交わしたアメノウズメだった。この道中、アメノウズメはサルタビコから名をもらい、のちに彼女の子孫は、猿女《さるめ》という姓を名乗ることになる。サルタビコとアメノウズメは、**つかのま恋愛関係にあった**ともうわさされている。

豆知識こらむ

ドジなサルタビコ、短気なアメノウズメ!?

『古事記』原典では、ニニギが地上に降りた後、ふたつの挿話が紹介されている。

ひとつは、ニニギの道案内をつとめた、サルタビコの過去の逸話。それによれば、彼は伊勢湾で漁をしていた際、貝に手をはさまれ、海底でおぼれかけたことがあるという。

もうひとつは、そのサルタビコを故郷まで送り届けたアメノウズメが、帰りに同じ伊勢湾に立ち寄ったという話だ。このとき彼女は海の生き物たちを集めて、ニニギに忠誠を誓うよう求めたという。多くの生き物は素直に忠誠を誓ったが、ナマコだけは無言だった。アメノウズメはムッとして、「何も言わぬ口はこうだ」と、短剣でナマコの口を横に切り裂く。いまもナマコの口が裂けているのは、このためだそうだ。

いずれもメインストーリーとはあまり関係がない話だが、両神の履歴や性格を探るうえでは、重要なヒントとみなされている。

episode 4

天孫が短命になったわけ

天孫降臨と海幸山幸

◆「コノハナノサクヤビメとの聖婚」〜

面食いのニニギは醜い姉を拒否

地上に落ち着いたニニギは、まもなく海岸でひとりの美女に出会い、ひと目ぼれした。その名はコノハナノサクヤビメ。山の神オオヤマツミの娘だった。ニニギはさっそく、オオヤマツミに「娘を嫁にくれ」と頼み込む。

オオヤマツミは喜んだ。何しろニニギは、天《あま》つ神《かみ》のなかでも最高位にある太陽神、アマテラスの孫。それと姻戚《いんせき》関係を結べば、地上の名門である山の一族と、天の名門である太陽の一族がひとつになり、共存共栄が約束されると踏んだのだろう。

だからオオヤマツミは、コノハナノサクヤビメだけでなく、その姉、イハナガヒメも一緒にやろうと申し出た。姉妹が同じ男性に嫁ぐというのは、現代の目をもってすれば奇異にみえるが、古代においてはよくみられる風習だった。

だが、イハナガヒメは**妹とは正反対の醜い女性**だった。彼女をひと目見て、ニニギは落胆。「お前はいらん」とばかり、姉だけを実家に追い返してしまう。しかし、姉妹をセットでニニギに与えようとしたのは、オホヤマツミなりにニニギのためを思ってのことだった。イハナガヒメは夫を石のように強くし、長生きさせる力を、コノハナノサクヤビメは、夫を木の花のように栄えさせる力を持っていた。そのはからいを無にされて、オホヤマツミは気を悪くし、「**あの神の寿命は、木の花のようにはかなくなるこったろうよ**」と、意地悪く予言したという。ニニギの子孫である歴代天皇が、神の血を引いているにもかかわらず、常人並みの寿命しか生きられなくなったのはこのためだと、『古事記』は説明している。

不貞疑惑に抗議する妻

さて、コノハナノサクヤビメは、結婚後まもなく妊娠した。が、その時点でニニギはまだ、彼女と一度しか交わっていなかった。それでもう妊娠というのが信じられず、ニニギは思わず、「**そりゃ俺の子じゃない**

コノハナノサクヤビメとイハナガヒメ

だろう？　俺の前につきあってたどっかの国《くに》つ神《かみ》の子じゃないのか？」と、思わず口走ってしまう。

案の定、自分の過去の素行を疑われたコノハナノサクヤビメは大激怒。小屋を建ててそのなかに込もるなり、出口を土で塗り固め、いざ産気づくと、その小屋に火を放ってしまった。そうしてそのまま炎のなかで、お産に挑んだのだ。「もし本当の父親が国つ神なら、子供は無事では済みますまい。けれど父親が天つ神なら、無事なはずです！」というのが、彼女の主張だった。

そもそも神話の世界では、力の強い神ほど生殖能力が高いとされ、一度きりの交わりで女性を妊娠させる「**聖婚による一夜孕《はら》み**」という概念がある。コノハナノサクヤビメの妊娠も、その典型にあたる。天つ神の子なら火中でも無事なはずという主張も、天つ神の生命力が強いという認識が、前提になっている。

結局、彼女は熱さをものともせず、ホデリ、ホスセリ、ホヲリの三つ子を無事に出産する。みんなそろって健康体だったから、ニニギはグウの音も出なかった。

ちなみに、ニニギは元来は穀物の神であり、だからこそ「高千穂《たかちほ》」という稲穂の山を意味する地に降り立ったのだと、考えられている。その子であるホデリ、ホスセリ、ホヲリも、全員「稲穂」と「火中」のイメージを背負っている。

豆知識こらむ

危険な賭け!? 火中出産の真相

東南アジアの各地や、日本の九州、沖縄には、出産を控えた妊婦の室の周囲で何日間も火を焚《た》き続ける風習があるという。これは妊婦の体を温め、安産を促すためのものだ。コノハナノサクヤビメが火中で出産する場面は、この風習を反映していると思われる。

　なぜなら彼女がニニギと出会ったのは、吾田《あた》の笠狭岬《かさきのみさき》なる地だからだ。これは現在の九州、鹿児島県にあたる。そう、彼女の出身地は、まさに前述の習慣をもつ地域だったのだ。

　『古事記』は火中出産を、赤ん坊が焼け死ぬかもしれない危険な行為とみなし、出産が無事に済んだことを奇蹟のように描いている。そうすることで、神を迎える巫女の特殊な能力を証明していると考えられる。

　そのいっぽうで、コノハナノサクヤビメは自分を疑った夫をギャフンといわせるためのハッタリをかましながらじつは体を温めていた、と考えてみるのもおもしろい。

episode 4 兄弟神の不和

天孫降臨と海幸山幸

◆「海幸彦と山幸彦」～

山を支配する弟と海を支配する兄の確執

ニニギから主人公のバトンを引き継いだのは、コノハナノサクヤビメが炎のなかで生んだ三兄弟の末っ子、ホヲリだった。彼は山での狩猟の名手で、「山幸彦《やまさちひこ》」という異名を持っていた。対して長兄のホデリは海での釣りの名手で、「海幸彦《うみさちひこ》」と呼ばれていた。だが、**となりの芝生は青く見える**ということか、あるときホヲリは、自分も釣りがやってみたくなり、「**たまにはお互いの道具を交換してみよう**」と、兄にもちかける。

当初は渋っていたホデリも、しつこく弟に頼まれてついに根負け。こうして、ホヲリが兄の釣針をもって海へ釣りに行き、ホデリが弟の弓矢をもって山へ狩猟に行くという、いつもとは正反対の試みが実現したのだった。

その結果は悲惨だった。ホヲリは一尾の魚も釣ることができず、それどころか、海で**兄の釣針をなくしてしまった**のだ。獲物が獲れなかったのは、ホデリも同様。帰宅した彼は、「やっぱりお互い、自分の道具を使ったほうがよさそうだ」と、弟に弓矢を返し、釣針を返すよう、弟に求めた。

そこでホヲリは、「いや、じつはその……」と、兄の釣針をなくしてしまったてんまつを告白。すると**ホデリは、予想以上に怒り狂った**。ある道の達人が愛用の道具を大切にするのは当然としても、ホデリの態度は、ちょっと大人げない。ホヲリが自分の剣を砕いて五百もの釣針をつくって差し出しても、千本にして差し出しても、弟を許さなかったのだ。のちにホデリは、その強情の報いを受けることになる。

兄に許してもらえず、海辺でベソをかいていたホヲリを救ったのは、潮の神シホツチだった。事情を聞いたシホツチは、「すき間のない船」、つまり現在でいう潜水艇をこしらえて、それで海底まで釣針を探しに行くよう、彼を促す。

失われた釣針を求めて海底へ

そのすすめにしたがったホヲリは、やがて海底に到着。そこには、海の神ワタツミの宮殿があった。ホヲリは事前にシホツチからレクチャーされていたとおり、その門の前に立つ桂《かつら》の木の上に登り、まずは侍女と接触。さらにこの侍女の取り次ぎでワタツミの娘トヨタマビメと出会い、たちまち恋に落ちた。

ワタツミもまた、天《あま》つ神《かみ》の皇子であるホヲリを歓迎。ごちそうでもてなしたうえ、快く娘を彼の妻に与える。ホヲリは幸福に酔うあまり、**そもそもなぜ海の底までやってきたのかという目的を、いつしかすっかり忘れてしまった**。

彼がやっとそれを思い出したのは、義父の宮殿で何と**三年も過ごした後**。遅ればせながら彼が妻や義父に事情を打ち明けると、ワタツミがさっそく手を打ってくれた。「誰か心当たりのある者はいないか?」と、海の魚たちに尋ねてくれたのだ。その結果、ずっと**「ノドに骨がささって物が食べにくい」とボヤいていた鯛の存在**が判明し、彼のノドから釣針が発見される。おかげで長年の重荷から解放される機会をえたホヲリは、意気揚々とサメに乗って陸上に帰還することになった。ちなみにこの話は、カメに乗って竜宮城に行く浦島太郎のルーツになっている。

月読神社の隼人舞

ホデリは、結果的には弟・ホヲリとの争いに敗れ、九州南部に住む隼人《はやと》の祖となったといわれている。隼人は大和朝廷に服属するボディーガードで、呪術集団でもあったという。

隼人は朝廷への服従のあかしに海におぼれたホデリを演じる「隼人舞」という舞を演じていたの。京都府の月読神社で今でも演じられているわ

episode 4

海神の力を得たホヲリの逆襲

天孫降臨と海幸山幸 ◆「ホデリの服従」〜

釣針と一緒に屈辱も倍返し

三年ぶりに海から戻ったホヲリは、ようやく兄ホデリに釣針を返したが、それは**彼らの和解を意味するものではなかった**。ワタツミは、ホヲリにある呪文を教え、兄に釣針を返す際、それを唱えるようすすめたのだった。その呪文とは、「この鉤《ち》（釣針）は、おぼ鉤《ち》（ぼんやりする釣針）、すす鉤《ち》（心が荒む釣針）、貧《まぢ》鉤《ち》（貧しくなる釣針）、うる鉤《ち》（愚かになる釣針）」という呪詛の言葉だった。さらにその言葉を唱えながら釣針を「後手《しりへで》」（後ろ向きになって相手に物を渡す）で返すように指示する。借りたものを後手で返すのは、**相手に害を与える呪いをかけるブラック・マジック**の一種だ。

ホヲリが言われたとおりにすると、釣針を受け取ったホデリは、**以後すっかり運に見放される**。すっかり貧しくなったホデリはとうとう荒々しい心でホヲリを攻めてきた。そこでホヲリは水を自在にあやつる能力を持っているワタツミから授かっていた**魔法のアイテム**でこれを撃退する。ホヲリは水を湧き出す呪力を秘めた「塩《しお》盈珠《みつたま》」で兄を溺死寸前まで追い込んでから、水を引かせる呪力を秘めた「塩乾珠《しおふるたま》」で救い、兄をさんざんに悩ませて苦しめた。

とうとう兄に土下座させて、「家来になるから許して」と言わせることに成功する。こうしてホヲリに敗れたホデリの子孫がのちに「隼人《はやと》」となり、天皇への服従を誓う護衛集団になったと『古事記』は記している。

「見るな」といわれると見たい！

さてそのころ、ホヲリのもとに海底から妻トヨタマビメが単身で訪ねてくる。彼女はすでに、お腹にホヲリの子を宿しており、天つ神の子を海の中で出産すべきではないと考えたのだ。

そこで海辺に子供を産むための産屋を作

ろうとしたが、それが完成する前に産気づいたトヨタマビメは、「他国の人が子供を生む時は、元の姿に戻って生むもの。**私も元の姿に戻って出産するけど、私の姿を見ないでね**」と、よけいなセリフを発してしまったのだ。こういわれると、ますます見たくなるのが人情だ。ホヲリは誘惑に耐えきれず、出産の現場をのぞいてしまう。するとそこには、**巨大なサメがのたうちまわっていた**。それがトヨタマビメの本来の姿だったのだ。

出産後、トヨタマビメは夫に正体を見られたことをひどく恥じ、赤ん坊を残して海底へ戻ってしまう。彼女はのちに妹のタマヨリビメを地上へ派遣し、赤ん坊の世話をさせた。ウガヤフキアヘズと名づけられたこの赤ん坊は、成長後、乳母であり叔母でもあるこのタマヨリビメと結婚する。彼らの間に生まれた四柱の御子の末弟がイハレビコ。のちの初代・神武《じんむ》天皇だ。ここには「近親婚」と「異界の女性との結婚」という天皇制を支えるハイブリッド婚のパターンがある。タマヨリビメはウガヤフキアヘズにとって母親の妹（近親婚）であり、海の神ワタツミの娘（異類婚）にあたるからだ。

こうしてイハレビコの誕生をもって、「神話の時代」は幕を閉じる。物語は「人間の歴史」へ移行していくことになる。

豆知識こらむ

見たい誘惑に勝つのが、別れぬ秘訣《ひけつ》

『古事記』序盤では、冥界で亡き妻イザナミと再会したイザナキが、「見ないで」という妻の願いに背いた結果、恐怖の体験をした。ホヲリが妻トヨタマビメの願いを無視し、彼女のお産の現場をのぞき見て、その正体がサメであることを知るのは、先祖イザナキの過ちの再現ともいえる。

だが、同様の過ちを犯すのは、何も『古事記』の主人公たちだけではない。これらとよく似た話は、世界中の多くの神話や民話に見られる。日本昔話の『鶴の恩返し』や、グリム童話にも収録されたヨーロッパ民話の『青ひげ』は、その代表的な例だ。神話学や民俗学の用語では、このパターンを「見るなのタブー」と呼ぶ。

「見るなのタブー」では、のぞき見が男女の別れのきっかけになることが多い。現実生活でも、夫婦や恋人同士の間に秘密はつきもの。相手のケータイや日記を盗み見ると、思わぬ別れにつながりかねないので、要注意！

の伝説

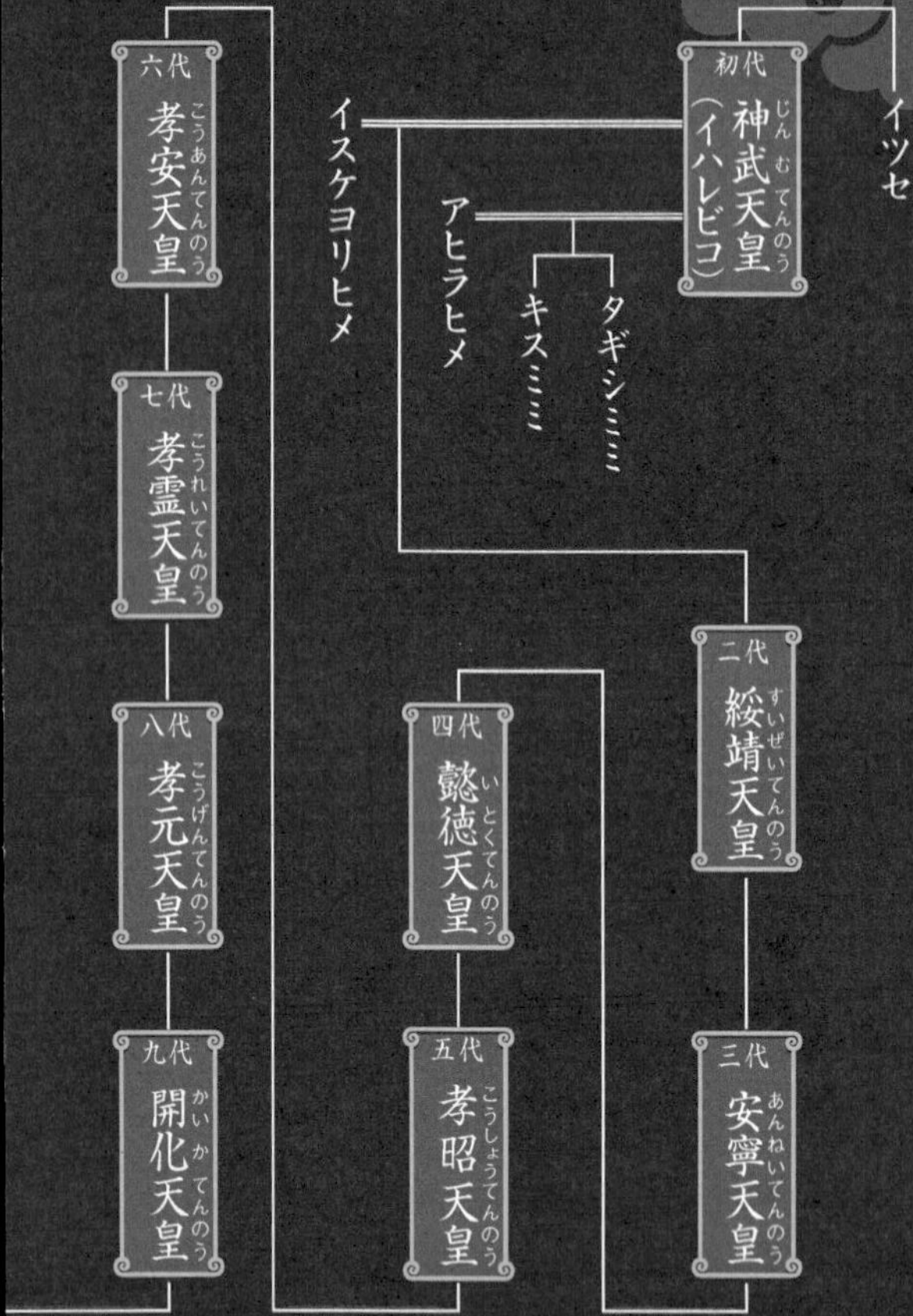
イツセ
初代
神武天皇《じんむてんのう》
(イハレビコ)
イスケヨリヒメ
アヒラヒメ
タギシミミ
キスミミ
二代
綏靖天皇《すいぜいてんのう》
三代
安寧天皇《あんねいてんのう》
四代
懿徳天皇《いとくてんのう》
五代
孝昭天皇《こうしょうてんのう》
六代
孝安天皇《こうあんてんのう》
七代
孝霊天皇《こうれいてんのう》
八代
孝元天皇《こうげんてんのう》
九代
開化天皇《かいかてんのう》

第二章　英雄たち

● この章に登場するおもな人物

episode 5

神《じん》武《む》天皇、いよいよ東へ

神武東征

◆「神武東征」〜

舞台は高千穂《たかちほ》から大和《やまと》へ

『古事記』中つ巻は、ホヲリの孫にあたるイハレビコ（初代・神武《じんむ》天皇）の物語から始まる。イハレビコは四人兄弟の末っ子にあたり、あるとき、これから世のなかを平和に治めていこうと長男にあたるイッセと相談した。「さて、どこに都をつくるのがいいだろうな。ここを出て、もっと東に行ってみるか」。**東というのは、太陽の昇る方向だ。そこに聖なる地があると考えた**のだろう。

こうして高千穂《たかちほ》の宮がある日向国《ひむかのくに》（現在の宮崎県）を出たイハレビコとイッセは、東に向かう。途中で接待を受けたり、筑紫国《つくしのくに》（現在の福岡県）で一年間滞在したりしながら、さらに安芸国《あきのくに》（現在の広島県）では七年、吉備国《きびのくに》（現在の岡山県）では八年の時間を過ごしている。

やっと速吸門《はやすいなと》（現在の明石海峡）にたどり着いた一行。今も昔も変わらない速い潮の流れに、往生していたのだろうか。ここで「**亀の背に乗って釣りをしながら、袖《そで》を振って羽ばたいてきた**」**というエキセントリックな神**との出会いがある。その神は海の道をよく知っているとのことだったので、「サヲネツヒコ」という名前を与えてともに連れていくことにした。このサヲネツヒコの先導で、一行は無事に浪《なに》速《わ》の渡し（現在の大阪湾）をへて、ようやく白肩《しらかた》の津（現在の大阪府東大阪市）に行き着くことができた。ここで活躍したサヲネツヒコは、のちに大和の国の首長の先祖になったという。

タケミカヅチの太刀で起死回生

順調にコマを進めた一行だったが、白肩の津では地元の豪族に襲撃される。慌てて応戦したが、イッセが敵の矢を受けて深い傷を負ってしまった。イッセは「私は太陽の神・アマテラスの子孫だから、太陽に向かって戦うのがよくないのだ。太陽を背にして戦おう」と南へ向かい、紀伊国《きいのくに》（現在

の和歌山県）まで下ったが、そこで「**こんないやしいヤツに傷を負わされて死んでしまうのか！**」と捨てゼリフを残しながら絶命する。さすがに**神の御子は誇り高い**。

さて、兄に死なれたイハレビコは、紀伊国をぐるりと迂回し熊野《くまの》（現在の和歌山県新宮市）に行き着いた。そのとき、大きなクマが現われたと思うと、すぐに消えてしまった。これでひと安心と思いきや、その場にいた全員が気を失ってしまう。

そのクマは**熊野の荒れすさぶ神の化身で、毒の息吹を持っていた**のだ。

あわや全滅のピンチを救ったのが、熊野に住むタカクラジという人物。彼は一振りの太刀を持って現われた。その太刀は、かつて国譲りで活躍したタケミカヅチが、タカクラジに託したもの。タケミカヅチは、アマテラスとタカギ（タカミムスヒの別名）の二柱《はしら》の神にイハレビコたちを助けるように命じられていたのだ。

タカクラジが気を失っているイハレビコに太刀を捧げると、イハレビコはすぐに目覚めた。ここでひとこと、「**長い間寝てしまったな**」と、あわや全滅の危機だったというのにのんきにつぶやく。しかしイハレビコが太刀を受け取った次の瞬間、**荒れ狂う神が自然に切り倒された**。気を失っていた兵士たちも目覚め、こうして一行は危機を脱出することができた。この太刀はのちに石上神宮《いそのかみじんぐう》（現在の奈良県天理市）に祀《まつ》られたといわれ、縁起譚とともに現在に受け継がれている。

豆知識こらむ

神武《じんむ》東征の謎。ぐるりと熊野を回ったのはなぜ？

イッセとともに東に向かったイハレビコ。それにしても、なぜ大《やま》和国《とのくに》（現在の奈良県）の目と鼻の先にある白肩《しらかた》の津（現在の大阪府東大阪市）までたどり着きながら、そこからぐるりと紀伊半島を迂回して熊野《くまの》（現在の和歌山県新宮市）に向かっているのか。

物語に登場するクマには「隅」、つまり世界のすみっこという意味が掛けられており、そこは人間の力のおよばぬ混沌とした土地というイメージがあった。その辺境の地・熊野でイハレビコは正気を失い、太刀の霊力でよみがえっているところに意味がある。

つまり熊野を経由することで、イハレビコは神の御子から聖なる天皇への脱皮を遂げたということなのだ。そのときに、タカクラジという、神と人間の世界をつなぐシャーマンの力を借りていることにも注目したい。神の子であったはずのイハレビコは、この時点でみずからの力で再生できない人間の天皇になったということだ。

episode 5

神武東征

ヤタガラスに導かれて大和を平定

◆「ヤタガラスの先導」～

次々と地元の国《くに》つ神《かみ》を服従させるイハレビコ

大きな危機を逃れたイハレビコだが、見ていて危なかしげなのか、天上のタカギ（タカミムスヒの別名）が道案内役にヤタガラスを派遣してきた。ヤタガラスといえば、日本サッカー協会のシンボルマークである三本足のカラスで、**現在の日本代表サッカーチームのユニフォームにも描かれている。**

そのヤタガラスの後をついていったイハレビコ。次から次へとその土地に住んでいた国つ神と出会う。最初は吉野川の下流で魚を獲るヤナを仕掛けて漁をする人だった。「おまえは誰だ？」と聞けば、「ニヘモツノコ」と答える。ニヘモツノコはその後、阿田《あだ》（現在の奈良県五條市）の鵜飼《うかい》の祖先となった。次に、光る泉のなかから出てきた、尾っぽのように毛皮の尻当てをつけている人に出会う。聞けば、「イヒカだ」という。吉野の首《おびと》の祖先だった。今度は山に入っていくと、また毛皮の尻当てをしている人に会う。イハオシワクノコという国つ神で「天の神の御子（イハレビコ）がいらっしゃるというのでお迎えにまいりました」と殊勝なことを言っている。吉野の国栖《くず》（現在の奈良県吉野町国栖）の祖先だ。

こうしてイハレビコが順々に土地の神に出会ったというのは、**この一帯の有力者を次々と従わせていった**ということを意味しているのだろう。そして、このまま順調に進むと思いきや……。

敵とのだまし合い合戦

山を越えて到着したのは宇陀《うだ》（現在の奈良県宇陀市）。その地にはエウカシとオトウカシという兄弟が住んでいた。弟のオトウカシはイハレビコに服従を誓いたいのに、兄のエウカシはそうではなかったらしい。**ヤタガラスに矢を射かけて追い返すわ、軍を集めようとするわ**。それが思うようにならないとわかると、御殿をつくってワナを

仕掛けた。殿内に入ると上から石から落ちて押しつぶす仕掛けだ。そして、「天の神の御子にお仕えいたします」と服従したふりをして待ち受けた。

このように『古事記』に兄弟が登場するとき、**なぜか兄が悪者になり、弟は賢くて運が強い人物である**のが相場だ。その例にもれず、弟のオトウカシはこっそり、イハレビコに兄・エウカシのたくらみを伝えた。エウカシはみずから御殿に追いやられ、殺されてしまう。昔は死者の復活が信じられていたので、**ゾンビのようによみがえらないようにと、その遺体は八つ裂きにされた。**勝利を収めたイハレビコは、オトウカシから献上された品々を兵士たちに分け与え、みずから高らかに勝利の歌を歌って、**超ご機嫌のごようす**。

しかし一難去って、また一難。今度は忍坂《おしさか》（現在の奈良県桜井市）の岩穴で、土地の荒くれたヤソタケルどもがイハレビコを撃とうと大勢待ちかまえていた。そこで、イハレビコは**敵全員に給仕を仕えさせてごちそうをした**のだ。それも敵をあざむく作戦。給仕係は全員、刀をこっそり忍ばせていた。イハレビコの歌を合図にいっせいに斬りかかり、あっという間にヤソタケルどもは殺されてしまった。イハレビコ軍は勝てば歌い、疲れをいやすためにも歌った。こうして、イハレビコは道中、土地の者を支配下に入れながら、いよいよ天下を治める地に近づく。

イハレビコ東征で歌われた久米歌とは？

トミビコを討ったときの久米歌

みつみつし　久米《くめ》の子らが
粟生《あはふ》には　かみら一本《ひともと》
そ根《ね》がもと
そ根芽《ねめ》つなぎて
撃《う》ちてし止《や》まむ

（超訳）
武勇に秀でた久米の兵が日ごろ耕す粟畑にくさいニラが紛れ込んでいる。そのニラの根と芽を一緒に引き抜くように、敵も数珠つなぎに撃ち滅ぼしてしまおう。

イハレビコ東征の後半で歌われていた歌は、もともと天皇に仕えていた久米氏が歌う戦いの歌だったことから「久米歌《くめうた》」と呼ばれている。

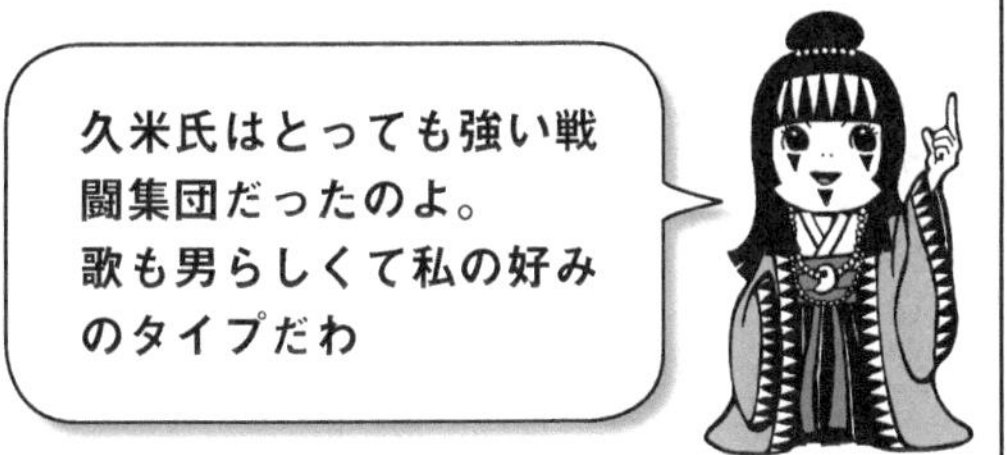
久米氏はとっても強い戦闘集団だったのよ。
歌も男らしくて私の好みのタイプだわ

episode 5

神《じん》武《む》天皇の結婚

神武東征

◆「イハレビコの即位」〜

神の娘・イスケヨリヒメが急浮上

イハレビコは一帯の荒れすさぶ神々を押さえ、いよいよ畝火《うねび》（現在の奈良県橿原市）に白檮原《かしはら》の宮をつくり、天下を治めることとなった。ここに**初代・神武《じんむ》天皇が誕生**する。世のなかが落ち着いてくると、次に考えなければならないのは后探しだ。神武天皇には、日向国《ひむかのくに》（現在の宮崎県）にいたときにアヒラヒメという妻がおり、その間にはタギシミミとキスミミという二柱《はしら》の御子がいた。しかし、**身分にふさわしい正妻を迎える必要**が出てきた。それを聞いたオホクメという人物が、みんなが神の子だとうわさするイスケヨリヒメという娘がいることを語り始めたのだった。

イスケヨリヒメの母親は三島《みしま》（現在の大阪府茨木市）に住むミゾクヒの娘で、名前をセヤダタラヒメという。彼女はある日、**川の上に建てられたトイレのなかで、赤く塗った矢で陰部を突かれる。**普通ならパニックになるところ、この女性は普通の女性ではなかった。彼女はその矢を抜いて、自分の寝床のそばに置いておいた。なんと**その矢は、三輪山《みわやま》の神・オホモノヌシが変化した姿**だったのだ。オホモノヌシは今度は美男子に姿を変え、セヤダタラヒメと一夜をともにした。こうしてオホモノヌシがセヤダタラヒメに生ませたのが、イスケヨリヒメだったという話だ。

出雲と高天原の政略結婚だった!?

神武天皇はその話に心動かされたに違いない。いよいよ、イスケヨリヒメと対面できる日がやって来た。その日、七人の乙女《おとめ》が遊んでいるなかに、イスケヨリヒメを見つけたオホクメが、すぐに神武天皇に歌で知らせた。しかし、オホクメも神武天皇をじらすかのように、誰とは教えない。「七人の娘たちが遊んでいますが、そのなかの誰と共寝しますか」。**ニヤニヤ楽しんでいるようすが目に見える**ようだ。このオホクメはちょっとクセのある人物のようで、**当時は卑しい人間のものとされていた入れ墨**

を目元に入れていたらしい。その風貌のせいで神武天皇との結婚の話をもちかけた際に怪しまれ、イスケヨリヒメが「あなたの裂けたように見える鋭い目はなぜ？」と謎かけの歌を詠んでいる。が、それに対してオホクメは「いい皇后を探すために目を鋭くしているのですよ」と歌で応えた。その気の利いた返歌にオホクメの教養の高さを見たのだろう。イスケヨリヒメも「合格」の印を押し、「お仕えいたします」と言ってきたのだった。

さっそく、神武天皇はお忍びでイスケヨリヒメのもとを訪ねて、一夜をともにする。のちに彼はイスケヨリヒメを正妻として宮殿に迎えたときに、「**葦の茂る荒れ果てた小屋で、ふたりで一緒に寝たよね**」という歌を詠んでいる。神武天皇とイスケヨリヒメの間に生まれたのが、ヒコヤイとカムヤイミミ、そしてカムヌナカハミミの三柱《はしら》の御子だ。このカムヌナカハミミがのちに第二代・綏靖《すいぜい》天皇となる。

じつはこの結婚には重要な裏テーマがあるといわれている。イスケヨリヒメの父であるオホモノヌシは、スサノヲの六代後の子孫にあたるオホクニヌシの分身といわれている。つまり出雲《いずも》系の神様だ。いっぽうイハレビコは高天原《たかまがはら》系の神様の御子。つまりこの結婚は、**ふたつに分かれていた神の系譜がここでひとつに統合されたこと**を意味しているという説がある。

豆知識こらむ

イスケヨリヒメとタタラ製鉄の関係

イスケヨリヒメの本当の名前はヒメタタライスケヨリヒメ。彼女の名前のなかにある「タタラ」とは、製鉄のときに用いられる足で踏んで空気を送る大型のふいごのことだ。ここから、イスケヨリヒメの出身氏族がタタラ製鉄に関わる仕事をしていたことがわかる。

　タタラ製鉄は、日本では太古の昔から行なわれていたらしい。火山の国である日本は、鉄鉱石の資源には乏しかったが、砂鉄には恵まれていた。そこで、木炭を燃料に、粘土でつくった炉のなかで砂鉄を炊いて鉄塊を精製する製鉄技術が発達したのだ。

　この技術は鉄鉱石から製鉄するのに比べて、不純物が少なく、さらに硬度と柔軟性に富む鉄をつくりあげていたという。日本の刀はこのタタラ製鉄の技術があってこそ生まれたものだ。しかし、中国地方の一部で残っていたこの技法も鉄が大量に必要となる明治以降には衰退し、今ではほとんど行なわれていない。

episode 6

父の妻をめとる息子

欠史八代と神のたたり

◆「タギシミミの謀反」〜

異母兄弟の間で起こる骨肉の相続争い

初代・神武《じんむ》天皇はなんと、**享年一三七歳だった**という。ニニギの代に「短命になる」と予告されたものの、十分すぎるほど長く生きたといえるだろう。さて、金と権力を持つ者が亡くなれば、遺産相続でもめるのはいつの時代も同じこと。神武天皇には大和国《やまとのくに》（現在の奈良県）に来てから正妻にしたイスケヨリヒメとの間に三人の御子がいたほか、日向国《ひむかのくに》（現在の宮崎県）でめとった妻との間にタギシミミとキスミミというふたりの御子があったというから、なおさらややこしい。

すぐに行動を起こしたのはタギシミミだった。父が亡くなるやいなや、父の妻であるイスケヨリヒメを自分の妻にしたのだ。**義母を妻にする!? と現代なら仰天するが、古代では珍しいことではない**。というのも、天皇の妻は財産であり、天皇の宗教的な力の象徴だったので、皇位承継者はそれをも引き継ぐという感覚だった。

タギシミミにすれば、これで次の天皇は自分だと高らかに宣言したようなものだが、それだけでは安心できずに、**腹違いの弟たちを殺そうと考えた**。

それを知ったイスケヨリヒメは、皇后であることよりも母であることを選んだ。自分の子供たちに現在の夫・タギシミミのたくらみを知らせる歌をつくったのだ。

「狭井川《さいがわ》のほうで雲が立ち、畝火山《うねびやま》の木の葉がざわめいています。今にも嵐が吹きそうですよ」。

ただの情景を詠んだように思われるのに、イスケヨリヒメの子供たちはその意味をくみ取った。**やられる前にやらなければ**。怖《お》じ気《け》づいた兄に代わって、タギシミミを討ったのは末っ子のカムヌナカハミミだった。兄からも「次の天皇はおまえこそがふさわしい」と言われ、カムヌナカハミミが第二代・綏靖《すいぜい》天皇となっている。

⛩八代にわたるスカスカな歴史

さて、この綏靖天皇から第九代・開化《かいか》天

皇までの八人の天皇について、『古事記』ではどんな妻がいただの、どんな子が生まれただの、何歳で亡くなったといった系譜だけがえんえんと続いて、どういった政治をしたかは何も伝わっていない。**いわゆる「欠史八代《けっしはちだい》」と呼ばれる時代**だ。

綏靖天皇は父とは対照的に、ひとりの妻との間にひとり息子シキツヒコタマテミがいただけだった。そのひとり息子が第三代・安寧《あんねい》天皇となり、三人の子をもうけた。次男が継いで第四代・懿徳《いとく》天皇となる。彼はふたりの子をもうけ、順当に長男が第五代・孝昭《こうしょう》天皇となっている。第四代まで妻は大和の有力な豪族「師木《しき》の県《あがた》主《ぬし》」の一族から迎えているが、孝昭天皇は尾張国《おわりのくに》（現在の愛知県）から妻ヨソタホビメを迎えた。そこには東に国を広げようという思惑があったのかもしれない。ヨソタホビメとの間にはふたりの子をもうけたが、弟が第六代・孝安《こうあん》天皇となった。この孝安天皇まではひとりの妻に一途な天皇たちだったが、続く第七代・孝霊《こうれい》天皇は次々と四人の妻を、続く第八代・孝元《こうげん》天皇も三人の妻を迎えている。そして、孝元天皇から、第九代・開化天皇へ。

ここまでまことしやかに語られてきた八人の天皇については、じつはその**存在すらも疑われている**。百歳を超える長寿の人物が多いことから、**物語の歴史を古くするために挿入されている**という見方もある。

豆知識こらむ

「欠史八代」はねつ造された歴史？

「神武《じんむ》東征」の壮大な歴史ロマンに比べて、続く第二代から第九代天皇までの記述はなんと愛想のないこと。ひたすら后と御子たちの名前が羅列されるばかりで、天皇たちの政治については何ひとつふれられていない。

この時代は「欠史八代《けっしはちだい》」といわれ、のちの世に創作されたものではないかと考えられている。そもそも天皇の亡くなった年齢が、第五代・孝昭《こうしょう》天皇の九三歳は可能であっても、第六代・孝安《こうあん》天皇の一二三歳は考えにくい。『日本書紀』では一一三歳、一三七歳、一二八歳など、『古事記』よりも超人間的年齢が並び、史実だとは思われない根拠となっている。

いっぽう、一部は事実だという説もある。この一帯に長年栄えていた王朝があり、それが天皇家の歴史のなかに組み込まれたのではないかというものだ。ともかく、えんえんと語られる系譜は、天皇家の永遠の繁栄をイメージづける効力を発揮したに違いない。

episode 6

国家形成に貢献した崇神《すじん》天皇

欠史八代と神のたたり ◆「崇神天皇、三輪山の神を祀る」〜

オホモノヌシのたたりで伝染病が蔓延

第九代・開化《かいか》天皇のふたりめの妻から生まれたミマキイリヒコが第十代・崇神《すじん》天皇となった。その崇神天皇の時代に、**恐ろしい伝染病が大流行し、多くの人が死んだ。**そこで崇神天皇は神牀《かんどこ》（夢で神様のお告げを受ける場所）で幾晩も過ごしていた。すると、三輪山《みわやま》の神であるオホモノヌシが夢に現われ、「**これらは私のたたりだ。オホタタネコという者に私を祀《まつ》らせなさい**」と告げたという。

崇神天皇は大急ぎでオホタタネコを探し、ようやく見つけると召し出した。「おまえは誰の子か？」と聞くと、オホモノヌシの子孫だという。崇神天皇は大喜びして、オホタタネコを神主にし、三輪山にオホモノヌシを祀った。そのうえ、都の境界の地に楯《たて》と矛《ほこ》を納めて祀るなどの念の入れようだった。その甲斐あってか、ほどなく伝染病も治まった。

ところで、なぜ、このオホタタネコがオホモノヌシの子孫だといえるのか。その理由はこうだ。オホタタネコの先祖にイクタマヨリビメという大変美しい女性がいた。このイクタマヨリビメの家に**毎晩通ってくる美男子**がいて、ほどなく彼女は妊娠。彼女の両親が通ってくる美男子の本性を突き止めようと、美男子の衣の裾に糸をつけた針を刺すよう娘に言いつけた。その**糸は人間が通り抜けられるはずのない鍵穴を通り、最終的には三輪山の神社に行き着いた**。その美男子はオホモノヌシだったのだ。オホモノヌシは蛇体の神ともいわれている。だから鍵穴を通り抜けたのかもしれない。それにしてもこの神様、**よほどの女好き**と見える。前にも、ひと目ぼれした美少女をトイレで待ち伏せ、自分の妻にしたことがあったではないか。

少女の歌から危険を察知！

その後、崇神天皇はもっと東の地方も治めようと考えた。そこで、伯父であるオホビコを北陸地方へ遣わすことにした。その

オホビコが北陸に向かう途中、山代国《やましろのくに》の幣羅坂《へらざか》（現在の京都府木津町）で**巫女と思われる少女が妙な歌を歌っていた**。「おのが命を　盗み殺《し》せむと　後《しり》つ門よ　い行きたがひ　前《まへ》つ門よ　い行きたがひ　うかかはく　知らにと（自分の命をねらっている者が、宮殿の後ろの戸を行ったり来たり、前の戸を行ったり来たり。つけねらっているのを知らないで）」。オホビコは「それはどんな意味だ？」と少女に尋ねた。すると少女は「私は何も言っていません。ただ歌っていただけです」と答えてあっという間に姿を消してしまったという。胸騒ぎがしたオホビコはすぐに都に戻り、このことを崇神天皇に伝えた。すると崇神天皇はこの歌から、**オホビコの腹違いの兄であるタケハニヤスヒコの謀反《むほん》を察知**。さっそくタケハニヤスヒコ討伐の手を討ったことで、崇神天皇は事なきを得た。

その後オホビコを含め地方に遣わされた者たちは、その任務をきちんと果たし、地方を治めた。世のなかが平和になれば、庶民も豊かに暮らす。こうして、崇神天皇の時代に初めて「**税金**」**が生まれた**のだ。**この税金が現代まで問題になろうとは、制度をつくった本人とて知るよしもない**。ただそのころはお金ではなく、男たちは弓矢で得た獲物を、女たちは布や糸を納めた。そして、国としてはため池を整備するなどの治水事業を行なっている。こうして国家が形成されていったのだ。

豆知識こらむ

箸《はし》が陰部に刺さって悶死したモモソヒメ伝説

『古事記』では、伝染病のたたりについて、オホモノヌシみずからが夢に現われてそれを知らせるが、『日本書紀』では、第十代・崇神《すじん》天皇の叔母にあたるヤマトトトヒモモソヒメがオホモノヌシの言葉を伝える役目を果たす。

　このモモソヒメはのちにオホモノヌシと結婚するが、オホモノヌシが夜しか来ないことが不満だったらしい。彼女が昼も来てほしいというので、オホモノヌシはなかを見てはいけないと「櫛《くし》箱」を預けた。このなかに自分がいるというのだ。しかし、見るなといわれたら見たくなるのが人情。

　モモソヒメが箱のなかをのぞくと、そこにいたのはヘビだった。オホモノヌシの怒りにふれたモモソヒメは、その後箸《はし》が陰部に突き刺さって死んでしまうという悲劇をたどる。

　彼女の葬られたのが、奈良県桜井市にある箸墓古墳。この古墳は昔から邪馬台国《やまたいこく》のヒミコの墓ではないかという説がある。

episode 6

欠史八代と神のたたり

兄と夫の間で苦悩するサホビメ

◆「垂仁天皇の皇統譜」～

政略結婚で勢力を伸ばす天皇家

第十一代・垂仁《すいにん》天皇（イクメイリビコ）は師木《しき》の玉垣宮《たまがきのみや》（現在の奈良県桜井市）で政治を行ない、**七人の妻との間に十六人の御子をもうけた**。七人の妻と聞くとかなり多く思えるが、ふたり目のヒバスヒメと三人目のヌバタノイリビメ、そして四人目のアザミノイリビメは姉妹で、六人目のカリハタトベと七人目のオトカリハタトベも姉妹だ。数こそ多いが、**じつは狭い範囲から妻を調達している**ように見える。

しかもヒバスヒメたちの実家は丹波国《たんばのくに》（現在の京都府と兵庫県の境）だが、カリハタトベたちの実家は山代国《やましろのくに》（現在の京都府）。地方豪族に目配り気配りをした結果、このような大家族になってしまったのかもしれない。

垂仁天皇の御子たちのうち、のちのちまで名前を残しているのは、農業政策で力を発揮したイニシキノイリヒコや、伊勢の大神に仕える斎宮《さいぐう》を務めたヤマトヒメだろう。ヤマトヒメは**有名なヤマトタケルの叔母にあたる女性**だ。

三角関係の最中に子供が生まれる

垂仁天皇の最初の妻・サホビメには悲しい物語がある。**彼女は兄のサホビコをとても慕っていた**。それにつけこんだ兄のサホビコが妹にあるたくらみをもちかけたのだ。「天皇を殺して、一緒に天下を治めよう」。この発言の背景には女性が祭祀を司り、男性が政治を司る古代日本の政治スタイル「ヒメヒコ制」があると考えられる。サホビメは、夫である垂仁天皇を殺そうとするが、ためらってしまう。安心してサホビメの膝枕で眠る垂仁天皇。サホビメの流した涙で目が覚め、「**首にヘビがまとわりつく嫌な夢を見たよ。どういう意味だろうね**」と妻に尋ねる。ある意味するどい発言にサホビメは良心が傷んだのか、正直にすべてを打ち明けた。驚いたのは垂仁天皇だ。すぐにサホビコに軍を差し向けたが、サホビコのほうはすでに城壁をつくって備えている。サホビメはこっそり宮殿を

抜け出て、兄のもとに逃げ込んだ。このとき、サホビメのお腹には子供が宿っていた。

垂仁天皇はサホビメを思い、サホビコ軍を攻めきれずにいるうちに、月日がたち、とうとう子供が生まれた。「この子をご自身の子だと信じてくださるのなら育ててください」とサホビメ。垂仁天皇にすれば、サホビコは憎いが**サホビメは数ある妻のなかでも一番愛していた女性**だ。未練もある。そこで、力が強くて俊敏に動ける兵士たちを選び、「**子供を受け取るときに母親をかっさらってこい**」と命令した。

しかし、サホビメのほうが一枚うわ手だった。頭を丸坊主にしてカツラをかぶり、玉飾りの紐《ひも》も衣服も腐らせておいた。いざ、兵士たちが子供を抱いて出てきたサホビメをつかまえようとすると、髪をつかめばすっぽりと落ち、手に巻かれた玉や衣服を握ってもぼろぼろ。結局、子供は取り戻したが、母親を手に入れることはできなかった。そのことを聞いた垂仁天皇は、そんな玉飾りをつくった職人たちが許せんと土地をすべて没収したという。

豆知識こらむ

「妻問婚《つまどいこん》」では、実家は夫よりも強し？

日本における結婚で、現代のように妻が夫の家に嫁入りするようになるのは、鎌倉時代以降のことだといわれている。平安時代までは『源氏物語』にも描かれているように、男性が女性の家を訪ねる「妻問婚」が主流だった。

なかでも、天皇は何人も妻を持つ。現代のように、夫婦で家庭をつくるというよりは、妻が中心として家庭があったようだ。そこを夫がミツバチのように花から花へ飛び回っているようなものだろう。当然、夫のそれぞれの家庭への責任感は希薄になり、妻の権威は高まる。子供の命名権が妻にあることからもそれがうかがえる。

さすがに、天皇は妻を訪ね回ることもできないので、宮殿に住まわせていたが、こうした「妻問婚」を背景に、妻と実家の結びつきは強かったようだ。サホビメの悲劇で、兄から「夫か兄か」の苦渋の選択を迫られて兄を選んでいるのも、そうした背景があったからかもしれない。

episode 6

サホビメが遺した、もの言わぬ子

欠史八代と神のたたり ◆「御子の養育と後宮問題」〜

兄と滅ぶことを選んだサホビメ

御子は手元に受け取ったものの、サホビメとは別れ別れになった第十一代・垂仁《すいにん》天皇。それでも**何とかサホビメを取り戻したいと、あれこれ語りかける**。「子供の名前はどうする？」。これにサホビメは「火のなかで生まれたので、『火の内』という意味のホムチワケという名前がいいでしょう」とサッパリ答える。「**イヤ、そうじゃなくて**」といわんばかりに語りかけは続く。「どうやってこの子を育てたらいいいんだよ？」とか、当時は夫婦が互いに着物の下紐《ひも》を結び、次に会うまでは他人に解かせないと約束する風習があったらしく「おまえが結んだ私の着物の下紐は、誰にほどかせればいいいんだよ？」など、**ちょっとかわいそうに思えるくらいの未練がましさ**。しかし、とうとう尋ねることがなくなり、仕方なく垂仁天皇はサホビコの陣に火を放つ。こうしてサホビメは、兄のサホビコと一緒に息絶えてしまった。

ホムチワケを心配する垂仁天皇

さて、幼くして母を亡くしたホムチワケが不びんな垂仁天皇。気がかりなのは**ホムチワケがまったくしゃべらない**ことだ。ところが、空高く飛ぶ白鳥の声を聞いたときに初めてホムチワケが片言を話したという。それを聞いて垂仁天皇は大喜び。白鳥の声を聞かせれば話すようになるのかと、家来のヤマヘノオホタカに白鳥をとらえてくるように命じた。ヤマヘノオホタカは大和国から信濃国《しなののくに》（現在の長野県）までも白鳥を追いかけ、ついに越国《こしのくに》（現在の新潟県）でとらえることができた。にもかかわらず、その白鳥を見ても、ホムチワケはひと言も発することはなかった。

その夜、がっかりした垂仁天皇の夢に神が現われ、「私を祀《まつ》る宮をおまえがいる宮殿のように立派につくれば、御子は話すようになる」と告げた。占わせた結果、その神は出雲国《いづものくに》（現在の島根県）の大神・オホ

クニヌシであることが判明した。さっそく、垂仁天皇はホムチワケを出雲国に参拝させることにした。

こうしてホムチワケは従者とともに、占いで吉と出た紀伊国《きいのくに》（現在の和歌山県）から出雲国へ向かい、無事に出雲国で参拝を終えることができた。その帰り道、出雲国 造《くにのみやつこ》の祖先となるキヒサツミという者が青葉の茂った木々で川下に山をつくり、ナチュラルな景観を演出したうえで、ホムチワケにごちそうをふるまった。そのとき、「川下にあるのは、本物の山じゃないな。もしかすると、アシハラノシコヲ（オホクニヌシ）に仕える神主たちの祭場ではないのか？」と、**突然ホムチワケがペラペラとしゃべり始めた**のだ。

ちなみにこの夜、ホムチワケはヒナガヒメという女性と**一夜をともにしている。口がきけるようになったばかりだというのに、ほかのことは一人前**だ。ところが、ホムチワケがヒナガヒメの寝姿をのぞき見ると、その**正体はなんと大蛇**だったというオチがついている。ともかく、ホムチワケが話せるようになったので、垂仁天皇は喜んで、出雲に大きく立派な社を建てたのだった。このエピソードの背景には、オホクニヌシの国譲り神話があった。国譲りの条件だった「出雲に立派な神殿を建てて祀る」という約束が忘れられていたので、ホムチワケは言葉を失ったのだ。

豆知識こらむ

ヒナガヒメとの一夜の意味は？

出雲国《いずものくに》（現在の島根県）に参拝して話せるようになったホムチワケ。家臣たちが早くそのことを都の天皇のもとへ伝えようと色めき立っている横で、ヒナガヒメとの一夜のエピソードが描かれている。唐突な感じがしなくもない。

　何より、あれだけ天皇を心配させていたホムチワケ。このエピソードにより、れっきとした大人の男性だったことを印象づけている。じつは、このヒナガヒメとの一夜の物語が挿入されているのは、それがねらいだとされている。つまり、ホムチワケが無事に成人したことを語ることで、劇的な誕生から始まった彼の伝承を完結させたわけだ。一夜婚はニニギの話にも登場する神の結婚のパターンだ。

　それにしても、ヒナガヒメの正体がヘビとわかって逃げるホムチワケと、海原をうねりながら追いかけるヒナガヒメのようすは真に迫っている。船を山までひきずりあげるさまに、ホムチワケの心臓の鼓動までが聞こえてきそうだ。

episode 6

永遠の命を望んだ垂仁《すいにん》天皇

欠史八代と神のたたり ◆「丹波の四王女を召す」〜

天皇はやっぱり美女がお好き

長年の心配の種だったホムチワケが口を開き、ようやく肩の荷をおろした第十一代・垂仁《すいにん》天皇。彼はサホビメが遺した「丹波国《たんばのくに》（現在の京都府と兵庫県）のミチノウシという者のふたりの娘を后に迎えられるといいでしょう。心やさしい娘たちです」という遺言どおり、ミチノウシの娘を都に呼び寄せた。サホビメはふたりといっていたが、ミチノウシの娘はヒバスヒメ、オトヒメ、ウタコリヒメ、マトノヒメの四人だ。並べて見渡してみると**上のふたりは美しいのに、下のふたりは醜い**。というわけで、残酷なことに下のふたりを実家に送り返した。

帰されるふたりのうちのマトノヒメは「**同じ姉妹でありながら、顔が醜いからと戻されたのでは、近所中の笑い者。とても恥ずかしくて生きていけない**」と帰り道の途中、山代国《やましろのくに》の相楽《さがらか》（現在の京都府相楽郡《そうらくぐん》）で木の枝に首を吊《つ》って死のうとした。

そこで、その地は懸《さがり》木《き》と名づけられ、現在では相楽と呼ばれるようになったということだ。それでも死にきれなかったマトノヒメ。さらに北に向かった弟国《おとくに》村（現在の京都府乙訓郡《おとくにぐん》）で、今度こそは深い淵から飛び込んで、とうとう死んでしまった。この話はニニギのエピソードと似ているが、実家に送り返された女性の心情をより細かく描いている点で神話世界とは異なっている。このようなくだりからも、時代の推移が読みとれる。

永遠の命が得られる木の実探し

垂仁天皇は、海の彼方にあるという理想郷「常世《とこよ》の国《くに》」にタジマモリという家来を遣わして、**トキジクノカクの木の実を探させた**という話もある。トキジクとは「時じく」つまり「時」がない、「永遠不滅の」という意味であり、カクとは輝くということだ。その木の実を食べると、**永遠の命が与えられるという伝説**があった。若くて美

しい后を新しくもらったことだし、天皇もますます長生きしたかったのだろうか。

タジマモリは大変な苦難を乗り越えて、ようやく常世の国にたどり着いた。そして、その木を探し出し、葉のついている枝を八本と、今日でいうなら干し柿のように実だけを串刺しにした枝八本を、意気揚々と大和まで持ち帰った。ところが、戻ってみると、**垂仁天皇はすでに亡くなった後**だった。そこでタジマモリは、それぞれ半分ずつに分け、葉のついている枝四本と串刺しの実の枝四本を皇后のヒバスヒメに献上し、残りを天皇の御陵《ごりょう》の入り口に供えた。そして、木の実を捧げ持ったまま、「常世の国から、トキジクノカクの木の実をお持ちいたしました」と泣き叫ぶと、そのまま息絶えてしまったという。はるばる常世の国まで行き、ようやく持ち帰ったというのに間に合わなかったことの無念さが、タジマモリの生きていく力を奪ったのかもしれない。このトキジクノカクの木の実が今でいう橘の実のことだ。

垂仁天皇の享年は一五三歳。**トキジクノカクの木の実を食べなくても十分に長生きだ**。その御陵は菅原《すがはら》の御立野《みたちの》（現在の奈良県奈良市）にある。天皇の亡き後、しばらくは皇后のヒバスヒメが世のなかを治めたが、そのときに石棺や石室をつくる石梘《いはき》づくりや、土器や埴輪をつくる土師部《はにしべ》を定めたようだ。ヒバスヒメは垂仁天皇と少し離れて、狭木《さき》の寺間《てらま》（現在の奈良県奈良市）に葬られたといわれている。

豆知識こらむ

権力者は誰もが夢見る「不老不死」

　人は権力を持つと、死ぬことが恐ろしくなるらしい。古今東西を問わず、権力者が「不老不死」を求めるという伝説は多い。

　とりわけ古代中国では不老不死に対するあこがれが大きかったようだ。トキジクノカクの木の実の物語には、蓬萊《ほうらい》の国に仙薬を求めた秦の始皇帝や、三千年に一度しか実らない西王母《せいおうぼ》の仙桃の話にあるような中国の仙人思想の影響が見られる。

　また、古代メソポタミアにも不死の薬草を求めるギルガメシュの物語が残され、古代インドの聖典には、不死の飲み物をめぐって神と悪魔が争い合うことが書かれている。日本では人魚の肉を食べた八百比丘尼《はっぴゃくびくに》が十代の美しさを保ったまま何百年も生きたという物語が残るが、その結末は悲しい。親しい人たちを見送るばかりのわが身を悲観し、最後は岩窟に消えてしまう。命には限りがあるから尊いという先人の教訓が、これらの話に込められているのかも？

episode 7

ヤマトタケル物語　◆「景行天皇の皇統譜」～

ヤマトタケルの遠征始まる

八十人の子供がいたヤマトタケルの父

第十二代・景行《けいこう》天皇（オホタラシヒコオシロワケ）は、朝廷が所有する田畑を耕作する「田部《たべ》」や、宮廷の料理を担当する「大伴部《おおともべ》」など、土地や人民の支配制度をつくるいっぽうで、公共事業なども行なった**やり手の天皇**だったようだ。**やるべきことはやるとあって、御子の数もたいしたもの**。名前が伝わっている御子だけで二十一人。名前の伝わらない御子が五十九人。あわせて**八十人もいた**という。

そのなかで、ワカタラシヒコとイホキノイリヒコ、そしてヲウスの三人が皇位を継承できる皇太子として名を連ねていた。結局、ワカタラシヒコが次の第十三代・成務《せいむ》天皇になっている。この三人のうちのひとり、ヲウスはまたの名前をヤマトヲグナというのだが、ヲグナとは少年という意味。あどけなさを感じる名前だが、これがなかなかの暴れん坊だった。のちにヤマトタケルと名乗るようになるヲウスについては、この後で語るとしよう。

自分の兄をバラバラに惨殺！

さて、すでにこれだけの妻と御子のいる景行天皇だが、三野国《みののくに》（現在の岐阜県）にエヒメとオトヒメというふたりの美しい娘がいると聞き、都に召し出そうとした。そのために遣わしたのは、ヲウスの兄にあたるオホウスだった。ところが、そのふたりの娘を前に**あまりの美しさに目がくらんだか、オホウスがそのままふたりを自分の妻にしてしまった**のだ。

そして、代わりに違うふたりの娘をエヒメとオトヒメだと言って、景行天皇に差し出した。しかし、景行天皇にはそんなことはすっかりお見通しで、すぐさま違う娘だと見抜いた。景行天皇はオホウスをとがめることもしなかったが、代わりに連れてこられた娘を愛することもなく、**身代わりの娘たちは放置されていた**ということだ。か

わいそうに、その娘たちは悩み苦しんだらしい。

ところで父に召し出すべき娘たちを横取りしたオホウス。父が恐ろしかったのか、食事の席にも顔を出さなくなった。そこで景行天皇は弟のヲウスに「なぜ、おまえの兄・オホウスは朝夕の食事に来ないのだ。おまえが行って、**やさしく諭してやれ**」と言った。しかし、それから五日たっても、オホウスは顔を出さない。

そこで景行天皇がヲウスに「オホウスはまだ出てこないが、まだ諭してないのか」と尋ねると、ヲウスは「すでにやさしく言い聞かせてやりました」と答える。「どのようにやさしくしてやったのだ?」と聞けば、「**明け方、兄がトイレに入るときをねらって、待ち捕まえてその手足をもぎ取って、こも(荒織りのむしろ)に包んで投げ捨てておきました**」という。現代でも「痛めつけてやれ」の意味で「かわいがってやれ」というのと同じように、景行天皇が「やさしく諭せ」という言葉をヲウスは**逆の意味にとった**ようだ。それを聞いた景行天皇はびっくり。

景行天皇はわが子ながらヲウスが恐ろしくなった。**こんなに狂暴な御子をそばに置いておくとロクなことにはならない**と考えたのか、まだ十五~六歳くらいの少年だったヲウスに「西のほうにクマソタケルという兄弟がおる。朝廷に服従しない無礼なやつらだ。おまえが行って討ち取ってこい」と命じた。

ヤマトタケルの家族構成

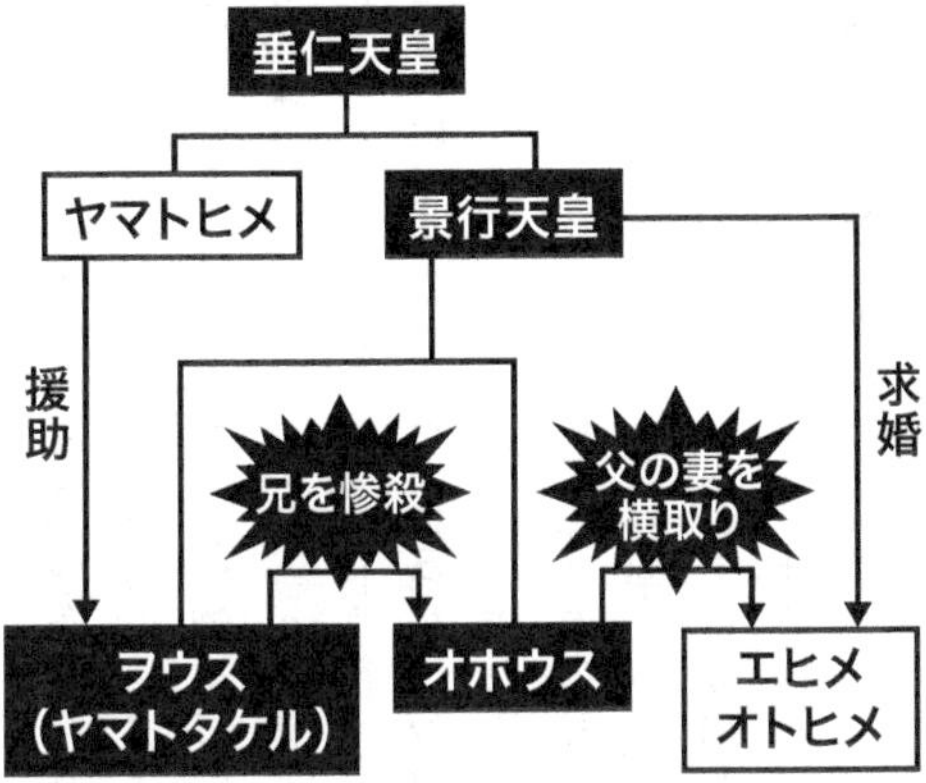

ヲウス（ヤマトタケル）の家族構成はちょっと複雑だ。兄が父親の妻を横取りするわ、ヲウスは兄の手足をもぎ取るわ……。だが、ヲウスが兄の死体をバラバラにしたのは、死者の復活を恐れた古代人独特の考え方に基づいたものだった。

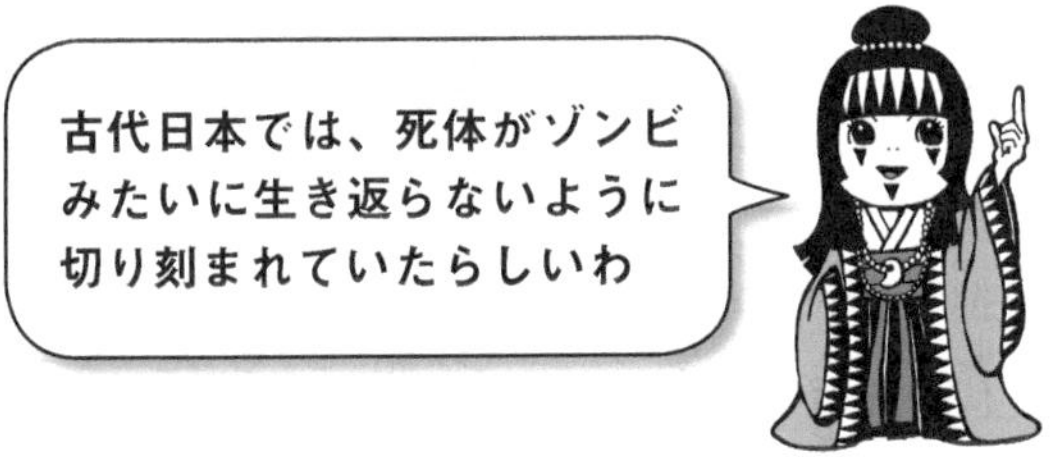

女装をしてクマソタケルを征伐

ヲウスは伊勢で斎宮《さいぐう》（巫女）を務める叔母のヤマトヒメを訪ねて衣装をもらい、剣を懐に忍ばせて出発した。こうしてクマソタケルの屋敷に到着したヲウスだったが、周囲は厳重に警護されていて簡単には忍び込めない。屋敷は新しく建てられたばかりのようで、その祝いの宴会の準備で忙しげにしているのが見えた。そこでヲウスはすきをうかがい、祝宴の日を待った。そして来る祝宴の日、**ヲウスは結っていた髪をといて少女のように垂らし、叔母からもらってきた衣装をまとって**少女になりすまし、大人の女性たちにまぎれて家のなかに入った。

するとクマソタケルの兄弟ふたりは見慣れぬ美少女に紛したヲウスを気に入り、自分たちの間に座らせて宴会を楽しみ始めた。**絶好のチャンス**だ。宴もたけなわになったころ、ヲウスは懐から剣を取り出し、兄のクマソの胸を刺した。弟のタケルはびっくりして逃げ出したが、すぐに追い詰め、背中の革をつかむやいなや、**尻から剣をグッサリ刺し通した**。

タケルが「その剣を動かさないで、言いたいことがある」というので、押し伏せたままにすると「あなたはどなたですか」とタケルが尋ねた。そこでヲウスは「私

はオホヤシマの国を治めている景行天皇の御子、ヤマトヲグナだ。景行天皇から大和朝廷に従わないクマソタケル兄弟を討ち取るように命じられたのだ」と答えた。「西のほうでは、私どもふたりのほかに、勇ましく強い者はおりません。大和国《やまとのくに》（現在の奈良県）には、われわれより勇敢で強い男がいらっしゃったのですな。それでは、私の名前の勇敢という意味のタケルをさし上げましょう。これからは、あなたのお名前をヤマトタケルの御子（大和国の勇敢で強い御子）と呼んでほめたたえますよ」とタケルがいい終えるとすぐに、ヲウスはタケルを**熟したウリのように切り裂いて殺してしまった**という。**名前をくれた相手にこの仕打ち**。とにかく、こうしたわけでこの後ヲウスはヤマトタケルと呼ばれるようになったのだ。

友人の顔をしてイヅモタケルも征伐

しかし、ヤマトタケルはまっすぐ都には帰らずに、出雲国《いずものくに》（現在の島根県）に入った。クマソタケルを討ち取ったことで、気持ちに勢いがついていたのだろうか。この国にも大きな権力を持つイヅモタケルという者がいると聞いて、その者も征伐しようと考えたのだ。しかし、ここで彼が立てた策略はあまりに残酷なものだった。イヅモタケルの家を訪ねたヤマトタケル。**親しげにイヅモタケルに近づき、友人**

になった。そして、密かにイチイガシの木でニセの太刀をつくって、それを腰に差しておいた。それから、イヅモタケルに「肥河《ひのかわ》（現在の斐伊川《ひいがわ》）で沐浴《もくよく》をしないか」と誘ったのだ。すっかりヤマトタケルに心を許しているイヅモタケルは、太刀など身につけていたものを外して川に入った。

　すると、ヤマトタケルはひと足早く川から上がり、イヅモタケルの置いていた太刀を自分の腰に差しておいて、「太刀を換えよう」と言った。そこでイヅモタケルは川から上がってきて、ヤマトタケルがいつも身につけていた太刀を腰につけた。と、ここでヤマトタケルはイヅモタケルに「さぁ、試合をしよう」ともちかける。もう結末は見えただろう。

　ふたりがそれぞれの太刀を抜こうとするが、当然イヅモタケルの太刀はニセの太刀だから抜くことができない。そこをすかさず、ヤマトタケルは太刀を抜いて斬りかかり、イヅモタケルを殺してしまった。そこでヤマトタケルは歌を詠む。「イヅモタケルが腰につけたその太刀は、鞘《さや》の飾りにつづらを巻いて、見た目に美しいが、中身がないとはあわれなことだな」と。もはや**友をだまして勝利をもぎ取ったひきょう者の印象**さえあるが、古代の感覚ではこれが英雄ならではの知恵、ということになるのだ。

episode 7

ヤマトタケル物語 ◆「ヤマトタケルの東国征伐」～

ヤマトタケル、東国を平定

東国征伐の旅へ――草薙《くさなぎ》の剣《つるぎ》と火打石で命拾い

クマソタケルらを征伐して西から帰ってきたヤマトタケルは、報告をするために父である第十二代・景行《けいこう》天皇を訪ねた。ところが、父はねぎらいの言葉をかけるどころか、すぐさま東国征伐という新たな命令を下した。

ヤマトタケルは東に向かう途中、伊勢神宮を参拝した。そこには、斎宮《さいぐう》を務める叔母ヤマトヒメがいる。ここでヤマトタケルは「父は私が死んだらいいとお考えなのでしょう。西から帰ってきたばかりで、すぐに東へ征伐に向かわせるなんて。しかも兵士をつけずにですよ」と**珍しく泣き言を言う**。ヤマトヒメはいとしいヤマトタケルのために、スサノヲがヤマタノヲロチを退治したときに尾から出てきたという**草薙《くさなぎ》の剣《つるぎ》**と、「危険が迫ったら開けなさい」と**何かの袋**を渡してくれた。

東に向かう途中、尾張国《おわりのくに》（現在の愛知県）の国造《くにのみやつこ》の祖先であるミヤズヒメの家に世話になったヤマトタケル。彼はそこで美しいミヤズヒメを見そめて結婚しようと思ったが、これから先が長いことを考え、帰りにかならず寄ることを約束して東に向かった。そして、山や川の荒れすさぶ神や服従しない者たちを平定していった。

順調に見えたヤマトタケルだったが、相模国《さがみのくに》（現在の神奈川県）でピンチが訪れる。じつは相模の国造が反朝廷派だったのだ。国造はヤマトタケルを陥れようと「**この野原のなかに大きな沼があり、そこに狂暴な神が住んでいて、私たちも苦しめられています**」とうそを言った。ヤマトタケルが野原のなかに入っていくと、国造は野原に火を放ち、ヤマトタケルはたちまち火に囲まれた。そのとき、ふと叔母からもらった袋を思い出す。ヤマトタケルは袋のなかに入っていた。**袋のなかには火打ち石**が入っていた。そこで彼が草薙の剣で目の前の草を刈り払い、火打ち石で向かい火をつけると、火は敵側へ燃え広がった。こうしてヤマトタケルは国造たちを斬り殺し、危機を脱出したのだ。

オトタチバナヒメが身投げ

しかし次のピンチで犠牲者が出てしまった。相模国からさらに東に向かい、走《はしり》水《みず》の海（現在の浦賀《うらが》水道）を船で渡っていたヤマトタケル。そこで海峡の神が大波を立てて、船がくるくる回るばかりで進めなくなってしまった。すると、同行していた后のオトタチバナヒメが「**私が海に入って、神の怒りをなだめます**。あなたは無事に東国を平定されて、都にご報告を」と言う。そして「あなたはあの野原の炎のなかで、私を抱きしめ、大丈夫だよ、私がついていると気遣ってくださった。あのときのことを忘れません」と歌い、海のなかに入ってしまったのだ。すると荒波が静まり、船は無事に対岸へたどり着いた。

その後ヤマトタケルはさらに東に進み、地方豪族や荒れすさぶ神たちも平定して目的を果たすことができた。いよいよ都に帰るというとき、足柄山《あしがらやま》の坂のふもとで昼食をとっていると、その**坂の神が白鹿に姿を変えて現われた**。そこで食べ残したノビルを投げつけると、鹿の目に当たって死んでしまった。そこで命のはかなさを感じたのだろうか。彼はそこで自分の身代わりとなって海に消えた后を思い、三度もため息をついたうえ、「あづまはや（あぁ、わが妻よ）」と嘆いた。このことから、**足柄山より東の国を「東《あずま》」というようになった**という。

ヤマトタケルの遠征ルート

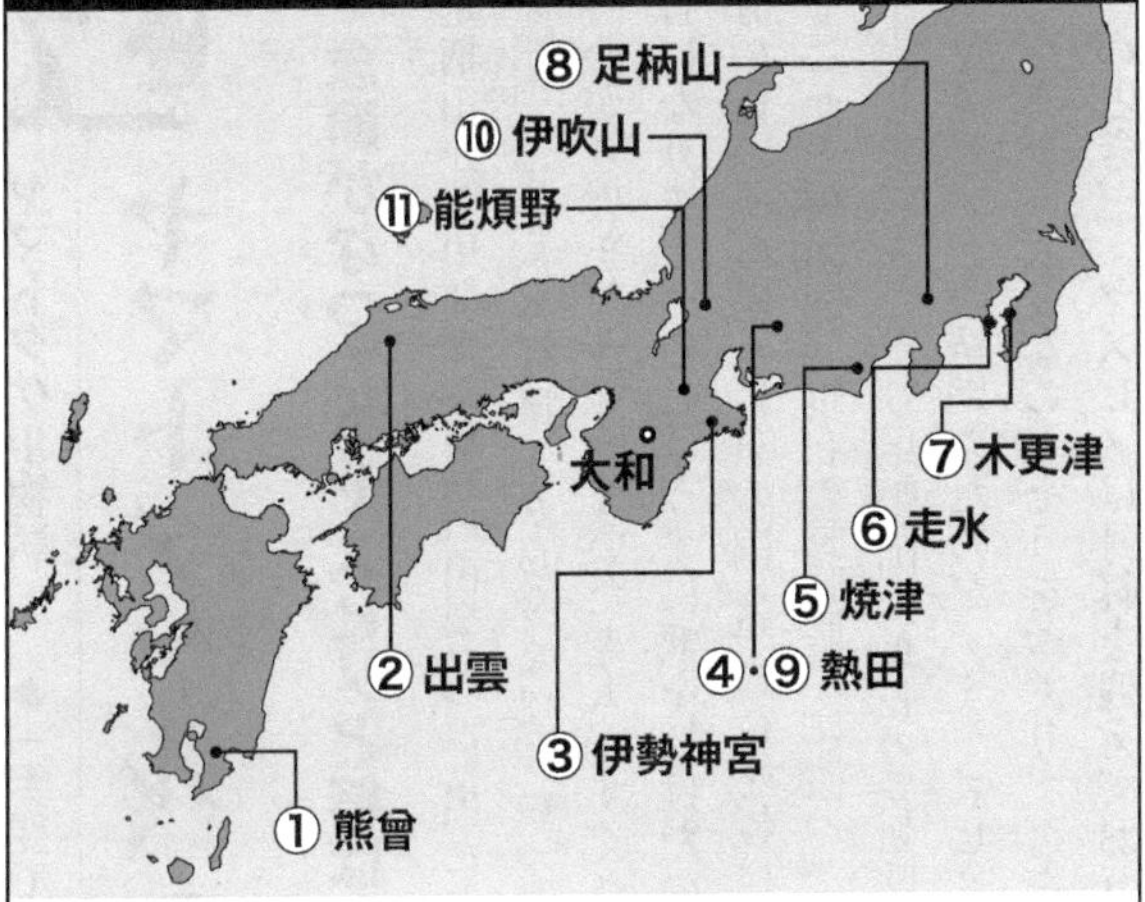

① **熊曾**
女装してクマソタケルを討つ

② **出雲**
友人のふりをしてイヅモタケルを討つ

③ **伊勢神宮**
ヤマトヒメから草薙の剣と火打ち石をもらう

④ **熱田**
ミヤズヒメと結婚の約束をする

⑤ **焼津**
火打ち石で向かい火を起こす

⑥ **走水**
オトタチバナヒメが入水する

⑦ **木更津**
オトタチバナヒメの櫛が流れつく

⑧ **足柄山**
「あづまはや」とつぶやく

⑨ **熱田**
ミヤズヒメと結婚する

⑩ **伊吹山**
伊吹山の神に呪われる

⑪ **能煩野**
ヤマトタケル没

episode 7

ヤマトタケル、ミヤズヒメと結婚

ヤマトタケル物語 ◆「甲斐で筑波問答」～

念願かなってミヤズヒメと結ばれる

足柄山《あしがらやま》から甲斐国《かいのくに》（現在の山梨県）に出たヤマトタケルは、酒折《さかおり》の宮《みや》で歌を歌った。「常陸国《ひたちのくに》（現在の茨城県）から今までにいったい幾日たったのだろう」。すると、夜警のかがり火を焚《た》き守っていた老人がすぐさま「日数を重ねて、夜は九夜、昼なら十日になります」とじょうずに歌を続けたので、ヤマトタケルは感心してほめた。身分の低いその老人に東の国造《くにのみやつこ》の位を授けたということだ。

そこから信濃国《しなののくに》（現在の長野県）に渡ったヤマトタケルは、そこで信濃の坂の神を平定して、ふたたび尾張国《おわりのくに》（現在の愛知県）に戻ってきた。行きに約束をしていたミヤズヒメとの結婚のためだ。ミヤズヒメは、ヤマトタケルが無事に帰ってきたことを喜び、大変なごちそうをつくり、盃をささげてもてなした。

そのとき、ミヤズヒメは月経を迎えており、**はおっていた衣の裾《すそ》に血がついてい**

たという。それを**目ざとく見つけたヤマトタケルは歌でそのことを伝える**。「遠いかなたの天《あま》の香具山《かぐやま》の上を、やかましく鳴き渡っていく白鳥のように、ひ弱で細く、しなやかな腕を枕にあなたと寝ようと思ったのだが、あなたの衣の裾に月が出ているじゃないか」。直接的に言うよりは歌のほうがオブラートに包まれているということだろうか。それに対しミヤズヒメが返して歌う。「尊い日の御子よ、国のすみずみまで支配するおおいなる君よ。新しい年が去り、新しい月も去れば、もっともなことですよ。あなたを待ちかねて、私の衣の裾に月も出るでしょうよ」。なんとも奇妙なやりとりだが、こうしてふたりは結ばれた。

伊吹山の神に呪われる

ところが、このあたりから英雄は転落していくことになる。その後ヤマトタケルは伊吹山《いぶきやま》の神を討ち取るために近江国《おうみのくに》（現在の滋賀県）と美濃国《みののくに》（現在の岐阜県）の境にある山に出向いた。このとき、彼は**なぜ**

かヤマトヒメからもらった草薙《くさなぎ》の剣《つるぎ》をミヤズヒメの元に置いたままで出掛けているのだ。ここまで順調に荒れすさぶ神々を平定してきたことのおごりが出たのだろうか。「伊吹山の神などは、素手で討ち取ってやるわ」と言って、山を登っていると、白いイノシシが現われた。まるで牛のように大きなイノシシだ。動物で白いものは神聖なものを表わしている。ヤマトタケルは「この白いイノシシは山の神の使いだろう。今は殺さなくても、山から帰るときに殺せばいい」と言って山に登った。

しかし、じつはこの白いイノシシは神の使いではなく、伊吹山の神自身だったのだ。軽くあしらわれたうえに、神自身に語りかけることがタブーとされていたのに、大声で挑発的なことを言うヤマトタケルに、神の怒りが爆発した。伊吹山の神は大粒のひょうを降らせてヤマトタケルを打ち、正気を失って行き先もわからなくなるという困惑の呪いをかけた。

豆知識こらむ

月経のしるしをおおらかに歌でやりとり

尾張国《おわりのくに》（現在の愛知県）のミヤズヒメと結婚するために、都に戻る途中で彼女のもとへ帰ってきたヤマトタケル。大歓待を受けながら、ふと衣の裾《すそ》を見れば、月経の血がついていた。それを「月が出ているじゃないか」と歌うのは、何とも粋な表現だというべきか？

それに対してミヤズヒメもうろたえることなく「長い間待ちかねて、月も出ますよ」と返している。女性の月経のことをこうもおおらかに歌としてやりとりするあたりに、古代の人々がいかに性的なものに対してオープンで明るかったかが伝わってくる。

ところで、当時は月経中の女性は、神に召された巫女的な存在として、触れてはいけないことになっていた。そのミヤズヒメと一夜をともにしたことについて、一説ではヤマトタケルを神の御子と考えたとされているが、別の説には、月経中の不浄の女性と関係したことが、ヤマトタケルの寿命を縮めたとも考えられている。

episode 7

ヤマトタケル物語

ヤマトタケル、能煩野《のぼの》で死す

◆「望郷の歌を残し病死」〜

故郷をしのびながら力尽きる

ヤマトタケルの守り神であるはずの草薙《くさなぎ》の剣《つるぎ》を彼が持っていなかったことも災いしていたのかもしれない。ヤマトタケルは、伊吹山の神を平定することができないまま、やっとのことで山から逃げ出すことになった。

当芸野《たぎの》（現在の岐阜県養老郡《ようろうぐん》）のほとりに着いたヤマトタケル。気持ちはもう大和国《やまとのくに》（現在の奈良県）に向かっているのに、**杖をついて歩かなければならないほどになっていた**。やっとのことで、伊勢国《いせのくに》の尾津《おつ》（現在の三重県多度町《たどちょう》）の岬の一本松にたどり着くと、以前ここで食事をとった際に忘れていった太刀が一本松のところにそのままにしてあった。それは草薙の剣ではない太刀だったが、ヤマトタケルは感激する。そして一本松の「松」に「待つ」をかけ、「一本松よ。おまえが人なら太刀をもたせて、着物を着せてやるものを」と歌った。体が思うように動かず、人恋しい気持ちになっていたのだろうか。

能煩野《のぼの》（現在の三重県亀山市）に着いたときには、もう一歩も動けないほど弱っていた。そこで故郷をしのんだ歌を続けて二首歌う。ひとつは、かの有名な歌だ。「**倭《やまと》は国のまほろば　たたなづく　青垣《あおがき》　山隠《やまごも》れる　倭しうるはし**」（大和の国は、いろいろな国のなかでも優れて美しい国だ。青々とした山に囲まれ、そのなかにこもっている大和こそ、なんと美しい国なのだ）」。もうひとつは、「命の　またけむ人は　たたみこも　平群《へぐり》の山の　熊かしが葉を　髻華《うず》に挿せ　その子（無事に大和へ帰る人は、幾重にも重なり合った平群の山の大きな樫の木の葉を髪飾りにして、無事に帰るおまえたちよ）」。大和がすぐ目の前だというのに、たどり着けそうにない切なさ、悲しみがひしひしと伝わってくるようだ。そして、ヤマトタケルは急に危篤に陥り、「**乙女《おとめ》の床に置いてきた、あぁ、あの太刀よ**」と歌うと亡くなってしまった。

白鳥となったヤマトタケルの魂

急ぎ、ヤマトタケルの急逝を知らせる使者が都に送られた。故郷にいた后や御子たちはみんな能煩野に向かい、ヤマトタケルの死を嘆き悲しんだ。そのとき、ヤマトタケルの魂が**大きな白鳥となって**天高く飛んだ。后や御子たちは素足で足が傷つくのもかまわずに、泣き叫びながら白鳥を追いかけた。その白鳥は別れを惜しむように磯にとどまったが、やがて飛び立ち、大和を飛び越え、河内国《かわちのくに》の志磯《しき》（現在の大阪府柏原市《かしわらし》）にとどまった。そこから天高く飛んでいってしまったという。

さて、このヤマトタケルの后や御子たちのことだが、あの海に消えたオトタチバナヒメを含めて六人の后にそれぞれひとりずつの御子がいたそうだ。**いつの間にそんな家族をつくっていたのだろうか**。そのなかのタラシナカツヒコが、のちに第十四代・仲哀《ちゅうあい》天皇となって天下を治めている。そのほかの御子たちも各地を治める豪族の祖先になったということだ。ヤマトタケルを東国征伐にやった第十二代・景《けい》行《こう》天皇は一三七歳まで生きたという。御陵《ごりょう》は山の辺の道のほとりにある。

その後景行天皇から皇位を継いだのは、ヤマトタケルの腹違いの兄にあたるワカタラシヒコということになる。第十三代・成務《せいむ》天皇だ。彼は近江国の志賀《しが》の高穴穂《たかあなほ》（現在の滋賀県大津市）に宮を置き、天下を治めた。長く宮殿に仕えたタケウチノスクネを大臣として、大きな国にも小さな国にも国造《くにのみやつこ》を定め、また国境《くにざかい》や、県主《あがたぬし》という地方首長も定めたという。そのほかにどういった政治を行なったかは、何も伝わっていない。華々しい活躍をしたヤマトタケルと、その御子（のちの第十四代仲哀天皇）の狭間で、**ちょっと影のうすい天皇**だ。

豆知識こらむ

『古事記』におけるヤマトタケルの役割

天皇の権力の正当性をアピールするために編纂されたという『古事記』。歴代の天皇の系譜がえんえんと紹介されているなかで、皇位についていないヤマトタケルに多くの記述が費やされているのはどうしたわけだろう。

その理由は、ヤマトタケルは実在の人物ではなく、古代に活躍した何人かの勇者「タケル」を複合してつくりあげたというのが定説だ。『古事記』におけるヤマトタケルは、父親からも恐れられるほどの凶暴性を帯びて登場するが、父親に疎まれていることを嘆くなどの弱味も見せている。この人間らしいヤマトタケルこそが神話世界を断絶させる役割を担っているといえる。

あわせて、天皇が統治する国家には、もはや英雄が必要でないことを表現したかったのではないかとも考えられている。

このヤマトタケルの人間臭さこそが、現代においても多くの人をひきつける魅力だといえるだろう。

episode 8

軍を率いて海を渡った神功《じんぐう》皇后

神功皇后の新羅遠征

◆「仲哀天皇の皇統譜」〜

神に選ばれた御子と母親

第十三代・成務《せいむ》天皇から皇位を継いだのは、ヤマトタケルの御子の第十四代・仲哀《ちゅうあい》天皇（タラシナカツヒコ）だ。このころ、また九州の勢力が強くなっていたのだろうか。仲哀天皇は穴門《あなと》の豊浦宮《とよらのみや》（現在の山口県豊浦郡《とようらぐん》）や、筑紫《つくし》の香椎宮《かしいのみや》（現在の福岡市香椎）で政治をつかさどっていた。ふたりの后との間にふたりずつ御子がいたが、皇位継承者となったのは末っ子のホムダワケだった。この御子は生まれながらに神に選ばれたような御子だった。**母親の神功《じんぐう》皇后（オキナガタラシヒメ）もミラクルな女性で、彼女の人物像はヒミコがモデル**になっているという説がある。

仲哀天皇が后の神功皇后と筑紫国に出向いていたときだ。神功皇后を通じて神の声を聞こうと琴を弾くと、神が「西に国があり、あふれるほどの宝がある。その国をおまえに授けよう」と言った。ところが、仲哀天皇が「高いところから西を見ても、大きな海があるだけだ」と言ったため、神は「**おまえにこの国を治めさせない。黄泉《よみ》の国《くに》に行け**」と怒ってしまった。慌てた家臣のタケウチノスクネがとりなしたが、ときすでに遅く、仲哀天皇は亡くなっていた。タケウチノスクネが改めて神におうかがいを立てると、神功皇后のお腹にいる御子が天下を治めるべきと告げた。それはアマテラスの意志であり、西の国に向けて船出をするがよいという。

そこで、神功皇后はみずから軍隊を率いて海を渡るのだ。すると、不思議なことに**魚が船を運び、波に乗せられて船は無事に新羅《しらぎ》の国に着いた**という。それを見た新羅の王は驚いて服従を誓った。そして、帰り道の船のなかで彼女は出産する。

勝利の美酒に酔うホムダワケ軍

さて、新たな皇位継承者が出現しておもしろくないのが、異母兄弟のカゴサカとオシクマだった。神功皇后もこのふたりを恐れ、日本に帰るときに「御子は亡くなった」と先に使いを送り、御子を喪船に乗せるなどして用心している。案の定、この兄弟は

この御子の殺害を計画した。しかし、勝運を占おうと狩りに出た先で、カゴサカは大きな暴れイノシシに食い殺されてしまう。それが戦さの負けを暗示していたのに、弟のオシクマは御子の乗っていない空っぽの船を襲った。そこへ、喪船に潜んでいた兵士たちが撃ちに出る。両者の戦いぶりは五分と五分。

　そこで、神功皇后側の将軍タケブルクマが、ある策略をめぐらした。「神功皇后が亡くなり、もう戦う必要はなくなった」と**味方の兵士に弓の弦を切らせて降参したふりをさせた**のだ。オシクマ側の将軍はだまされ、油断したところで、神功皇后側が反撃に。オシクマ側は琵琶湖の岸辺でことごとく斬り殺された。戦いに勝ち、タケウチノスクネは戦の穢《けが》れを落とすため、御子を連れて高志《こし》の前《みちのくち》の角鹿《つぬが》（現在の福井県敦賀市）を訪れた。するとそこで、イザサワケの大神が自分の名を御子の名と換えようと提案。こうしてこの御子はホムダワケと名乗るようになる。

　都に帰ると、待っていたのは母親の神功皇后だ。**祝いの酒も用意して超ご機嫌**。「神が祝福してつくってくれた酒をたっぷりとお飲みなさい」と歌えば、幼いホムダワケに代わってタケウチノスクネが「あぁ、この酒のうまいこと、楽しいこと」と返すなど、宴は盛り上がった。それにしても、神を怒らせて死んだ仲哀天皇は享年五十二歳。神功皇后はその倍近くの百歳まで生きたということだ。

豆知識こらむ

神功皇后の出産にまつわる伝承

　神に「天下を治めるべき」と告げられた、めでたい御子をお腹に宿したまま新羅に遠征した神功《じんぐう》皇后。筑紫国《つくしのくに》（現在の福岡県）に着いてから出産しているが、じつは新羅で産気づいていた。ところが彼女は「ここで産むわけにはいかない」と腰に石を巻き、自分の意思で出産を遅らせるというミラクルを起こしている。この話から、妊婦が腰に石を巻くと出産を遅らせられるという俗信が生まれた。

　また、出産後の四月のなかごろ、皇后は筑紫国の玉島の里に出かけて、川のほとりで食事をした。その後、皇后は川のなかにあった岩の上に座り、衣の糸を抜き取って飯粒を先につけ、玉島川のアユを釣った。御子の健やかな成長を祈っての占いだったとか。

　それからというもの、このあたりの女性たちは、四月のなかごろになると、衣服の糸を抜いて飯粒をエサにアユを釣るのが習慣となった。彼女のカリスマ性がうかがえるエピソードだ。

episode 8

皇位を争った三人の御子

神功皇后の新羅遠征

◆「応神天皇の皇統譜」～

漁父の利を得たオホサザキ

軽島《かるしま》の明宮《あきらのみや》（現在の奈良県橿原市）で天下を治めた第十五代・**応神《おうじん》天皇**（ホムダワケ）には、**二十七人もの御子**がいた。なかでも、一番かわいがっていたのはウヂノワキイラツコだった。というのは、木幡村《こはたむら》（現在の京都府宇治市）でひと目ぼれして妻にしたヤカハエヒメが産んだ子だからだ。そこで、異母兄にあたるオホヤマモリとオホサザキにそれぞれ、山と海の統治、次期天皇の補佐役の役割を与え、皇位はウヂノワキイラツコに継がせることを決めた。

そのいっぽうで応神天皇は日《ひ》向国《むかのくに》（現在の宮崎県）にいるカミナガヒメも召し出したのだが、息子のオホサザキのほうが先にひと目ぼれしてしまった。そこで、オホサザキは大臣のタケウチノスクネに「応神天皇にカミナガヒメを譲ってもらえるようお願いしてほしい」と頼んだ。先代からの朝廷の重臣・タケウチノスクネを使うあたり、**オホサザキは若いころからデキる男だった**。結果的にオホサザキはカミナガヒメを見事ゲットしている。

さて応神天皇が亡くなった後、ふたたび皇位継承争いが起こった。オホサザキは亡き天皇の言葉に従いウヂノワキイラツコに皇位を譲ったが、もうひとりの異母兄・オホヤマモリはやはり天下を手に入れたいと考え、ひそかに軍勢を集めた。**オホサザキはその情報をすぐにウヂノワキイラツコに知らせる**。そこでウヂノワキイラッコは替え玉を用意し、自分は粗末な身なりの船頭に化けてオホヤマモリを待ちかまえた。そしてオホヤマモリを川に落とし、あらかじめ川原に潜ませていた兵士たちに矢を射らせた。こうしてオホヤマモリは川に流され、争いは幕を閉じる。

残ったオホサザキとウヂノワキイラツコは、お互いに皇位を譲り合った。しかし、結局ウヂノワキイラツコが早く亡くなったので、オホサザキが皇位を継いでいる。こうして第十六代・仁徳《にんとく》天皇が誕生することになる。

アメノヒボコにまつわる物語

さて、『古事記』中つ巻の最後には新羅《しらぎ》の国王の子、アメノヒボコなる人物にまつわる話が挿入されている。不思議な話なので紹介しておこう。

ある日、新羅の沼のほとりで昼寝をしている女性がいた。**その女性の陰部に日の光が射し、女性はなぜか妊娠する。**そしてひとつの赤い玉を生む。その赤い玉がひょんな経緯でアメノヒボコの手に入るのだ。夜、その赤い玉が美しい乙女《おとめ》に大変身して、アメノヒボコの妻となる。

しかしその後、**アメノヒボコの横柄な態度に妻がブチ切れる。**「私はあなたの妻などになっている女ではない。祖先の国に行きます！」と言い放ち、この日本に渡り、難波《なにわ》（現在の大阪府）に住んだ。アメノヒボコは日本まで妻を追いかけたが、海峡の神に邪魔され難波に着けず、多遅摩《たじまの》国《くに》（現在の兵庫県北部）に住み着いた。彼はそこで新たな家族を持ち、その子孫に第十一代・垂仁《すいにん》天皇の時代にトキジクノカクの実を探したタジマモリがいて、さらに時代をへて神功《じんぐう》皇后が生まれるという話になる。この逸話は**神功皇后の祖先を新羅の国王の子として位置づける目的**があり、神功皇后の**新羅遠征を正当化**する意図があったのではないかという見方がある。

アメノヒボコと出石神社

アメノヒボコは新羅国《しらぎのくに》から緒で貫いたふたつの玉と魔法のヒレと、航海の安全を守るふたつの鏡の8つの宝を持ち込んだといわれている。これらは兵庫県豊岡市の出石神社に今も祀《まつ》られている。

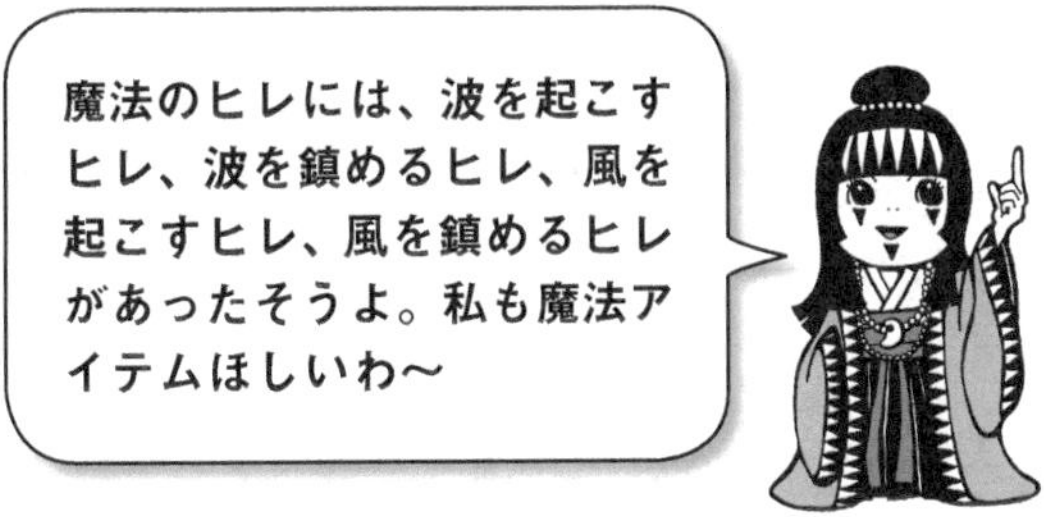
魔法のヒレには、波を起こすヒレ、波を鎮めるヒレ、風を起こすヒレ、風を鎮めるヒレがあったそうよ。私も魔法アイテムほしいわ～

めぐる人間ドラマ

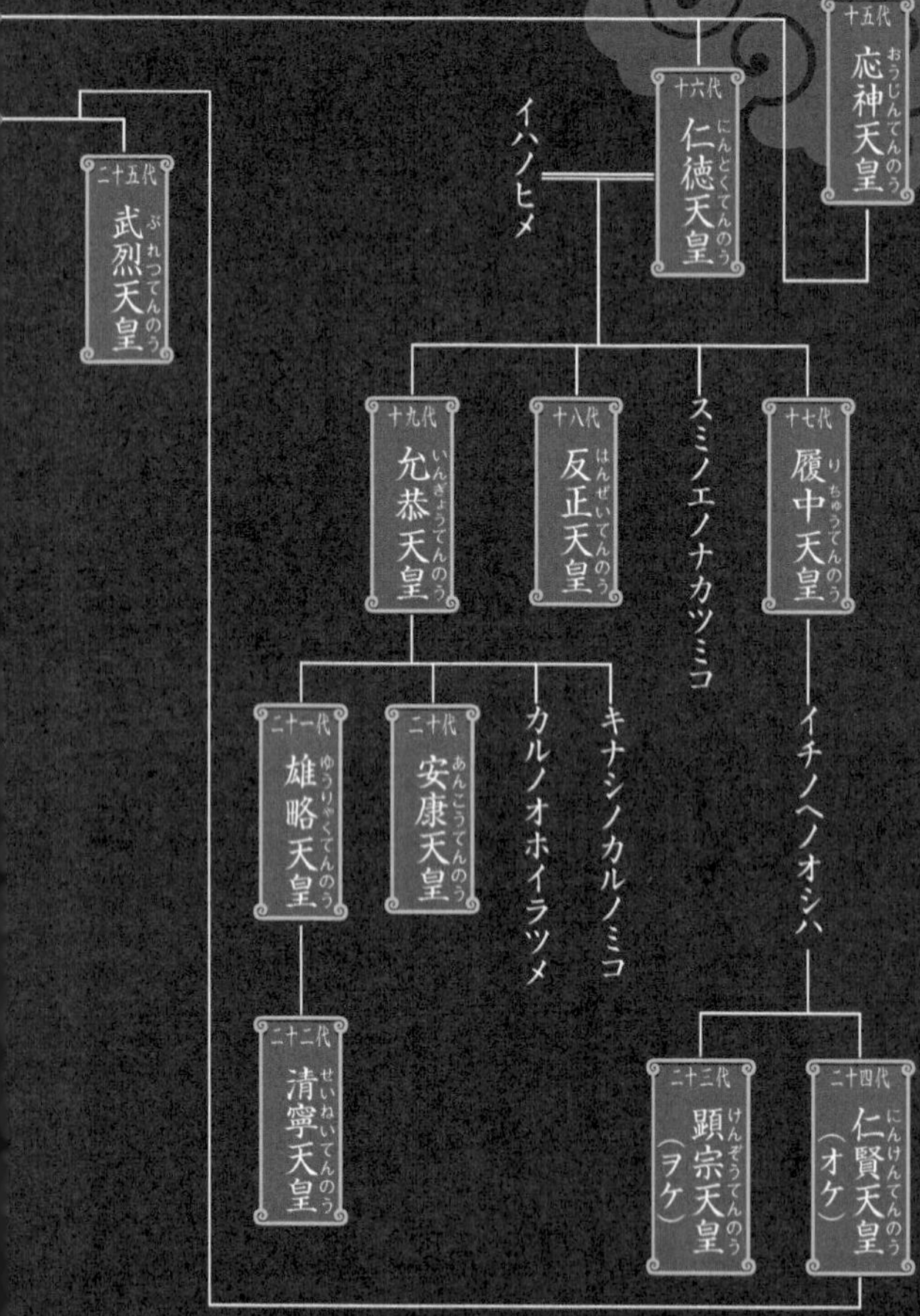
十五代
応神天皇《おうじんてんのう》
十六代
仁徳天皇《にんとくてんのう》
イハノヒメ
十七代
履中天皇《りちゅうてんのう》
スミノエノナカツミコ
十八代
反正天皇《はんぜいてんのう》
十九代
允恭天皇《いんぎょうてんのう》
イチノヘノオシハ
キナシノカルノミコ
カルノオホイラツメ
二十代
安康天皇《あんこうてんのう》
二十一代
雄略天皇《ゆうりゃくてんのう》
二十二代
清寧天皇《せいねいてんのう》
二十三代
顕宗天皇《けんぞうてんのう》（ヲケ）
二十四代
仁賢天皇《にんけんてんのう》（オケ）
二十五代
武烈天皇《ぶれつてんのう》

第三章　愛と皇位を

● この章に登場するおもな人物

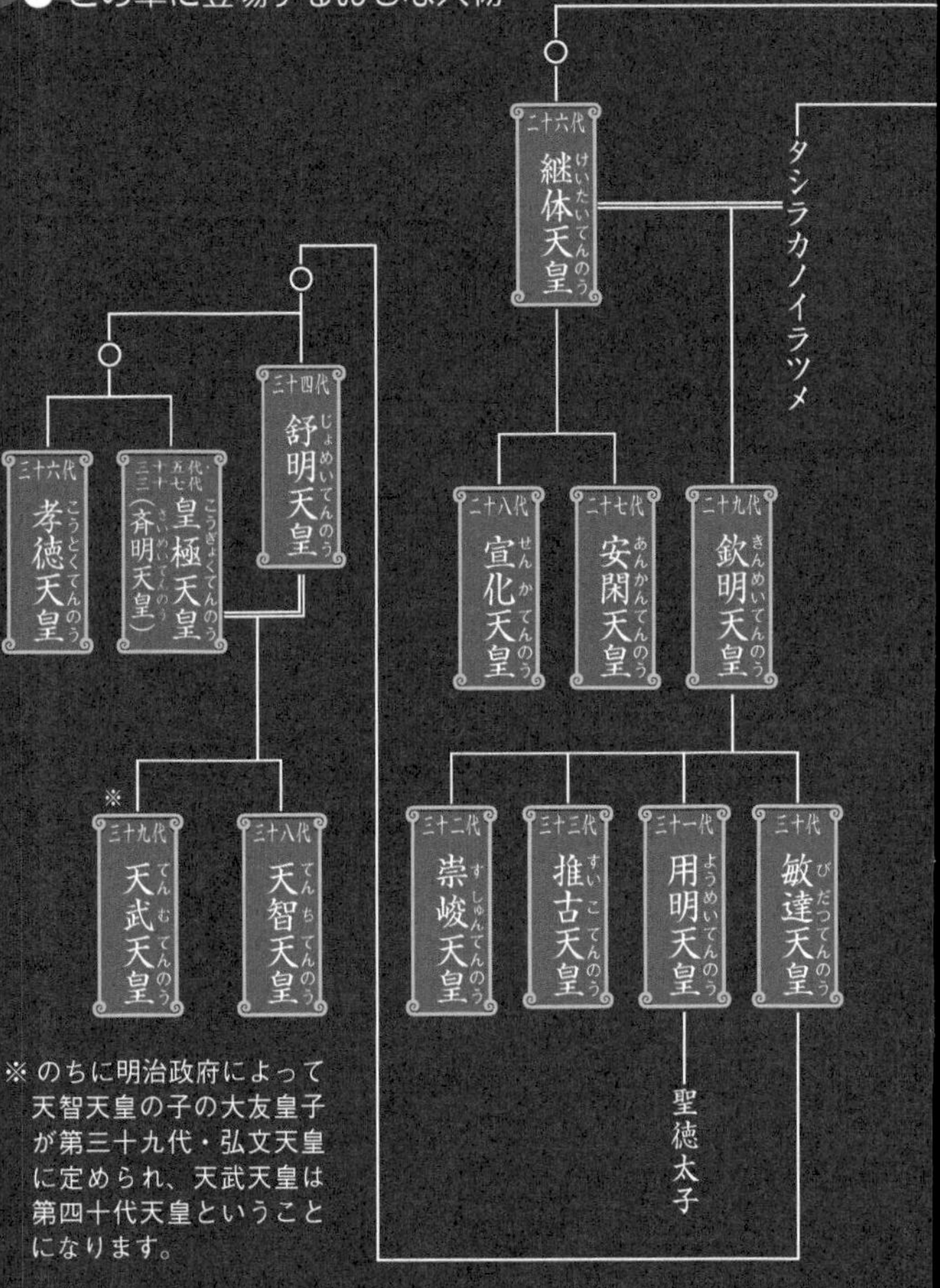

※のちに明治政府によって天智天皇の子の大友皇子が第三十九代・弘文天皇に定められ、天武天皇は第四十代天皇ということになります。

episode 9 聖帝《ひじりのみかど》・仁徳《にんとく》天皇の良政

仁徳天皇の良政と跡目争い ◆「仁徳天皇の皇統譜」〜

大規模治水事業をガンガン推進

『古事記』が下つ巻で描くのは、神ではなく、私たちと変わらぬ人間の姿。皇位継承は父子から兄弟同士に移行し、**血を血で洗う修羅場**がくり広げられる。また、皇妃をめぐる**恋愛トラブル**も多くなり、**まるでお昼のメロドラマなみにドロドロの人間もよう**が展開される。また、神祇信仰に基づく天皇観は、儒教的な聖天子観へと移行。時代は神代のころから大きく変わっていこうとしていた。下つ巻の最初に登場するのは、第十五代・応神《おうじん》天皇の子、第十六代・仁徳《にんとく》天皇（オオサザキ）だ。

ここで語られる仁徳天皇の政治力というのが、民衆に寛大だったり、でっかい治水事業を実施したりと、とにかく見事。**すばらしすぎて聖帝《ひじりのみかど》と呼ばれた**くらいだ。

仁徳天皇は、大阪・堺市にあるあの巨大な大仙陵《だいせん》に葬られている（といわれている）ことでも有名だ。応神天皇の後を継ぎ、難波《なにわ》の高津《たかつ》の宮（現在の大阪府大阪市）で国々を治めることにした仁徳天皇。四人の妻をもち、五男一女をもうけた。そのうち三人の息子は、熾烈な後継者争いの末に皇位を継承している。

仁徳天皇は、「葛城部《かつらぎべ》」や「壬生部《みぶべ》」と呼ばれる天皇家の私有する労働集団を周辺につくり、さらには池や堀や港もつくってしまうという、大規模な事業をやってのける。これらの工事には、大陸から帰化していた外国人も起用されていた。**外来の技術をどんどん取り入れようという仁徳天皇の積極性が感じられるエピソード**だ。

この治水事業は、都のインフラや農耕の発展に大きな影響を与えた。

豊かになるまで税は三年間なし

仁徳天皇は、民衆に対してとても慈悲深い人徳者だったとされている。あるとき仁徳天皇は、高い山に登って国々を眺めていた。これは国見《くにみ》といって、統治者が国の地勢や民衆の生活状態をうかがい知るために行なうもので、農耕の豊作を祈るためのセレモニーみたいなものだ。高みから四方を

見渡し、仁徳天皇は異様な光景に気づく。「おかしい、煙がひとつも上がっておらん。かまどに火がたかれていないのか。つまり**飯も炊けないほど民衆は困窮しているということだ**」。

そこで仁徳天皇は、「これから三年間、役務や税金をゼロにしよう。これで彼らの暮らしもきっと楽になるぞ」といって、これ以上ないほどの〝抜本的〟改革を敢行。**今の政治家も見習ってほしいくらいのリーダーシップ**を発揮する。しかしそんなことをしてしまって大丈夫だったのだろうか……？

しかも仁徳天皇は、皇居に破損が生じても、**けっして修理しなかった**。雨が降るとあちこち雨漏りするわけだが、それでも修理せず、なんと木の桶で雨を受けたり、雨漏りのないところに移動したりと、いたわしいほどのつつましさなのだった。

そんなこんなで三年後、ふたたび山頂に立った仁徳天皇の眼下には、いたるところからいく筋もの煙が空に上がっている光景があった。「おお、みんな豊かになったようだ」と、役務と税金を復活させることにした。この**超ドラスティックな改革**のおかげで、民衆は苦しむことなく暮らすことができたのだった。『古事記』ではこうした数々の功績により、仁徳天皇の時代は「聖帝の世」と賞賛されている。ちなみに、仁徳天皇は中国の聖帝がモデルになっているという説がある。

仁徳天皇の御陵・大仙陵古墳

大阪府堺市堺区大仙町にある大仙陵古墳は宮内庁により仁徳天皇の陵墓と治定されている。５世紀後半に築造されたと考えられており、古墳面積は世界最大級の大きさだ。

いかに仁徳天皇が権力をふるっていたかがしのばれるわね

episode 9

仁徳天皇の良政と跡目争い

◆「クロヒメと皇后の嫉妬」〜

激しく嫉妬する皇后イハノヒメ

聖帝《ひじりのみかど》も奥さんには弱かった……

第十六代・仁徳《にんとく》天皇については、その良政が語られるいっぽうで、**女性関係の複雑さ**もまた、赤裸々に語られている。この時代の天皇は、何人も妻を持つのが当たり前だったとはいえ、**皇后イハノヒメの嫉妬はただならぬすさまじさ**だった。仁徳天皇は彼女の嫉妬にほとほと困り果てるが、強気に言い返すことができない。というのも、イハノヒメは奈良盆地西部で勢力をもつ豪族、葛城《かつらぎ》氏を率いていたソツヒコの娘だったからだ。天皇家と婚姻関係を結ぶことが、葛城氏にとって大きなメリットになるのと同様に、天皇家のほうも、葛城氏ほどの有力豪族がついているからこそ、大きな政治力をふるっていたわけだ。

そうしたわけで、仁徳天皇はほかの女性との情事がイハノヒメの目に触れることをつねに恐れていた。イハノヒメはちょっとでも仁徳天皇の側近くに仕える女性が彼に愛想のよい顔でもしようものなら、**じだんだを踏んで怒った**という。

浮気する夫と嫉妬する妻の真剣勝負

仁徳天皇はおそらく数多くの女性と関係を持っただろうが、『古事記』では、皇后以外に、とくに三人の女性との恋愛ドラマがくり広げられている。吉備国《きびのくに》（現在の岡山県）にいるクロヒメという女性がかわいい、とのうわさを聞いた仁徳天皇。クロヒメは海部《あまべ》（漁に携わる部民）の長の娘だった。さっそく呼び寄せて、自分の側にはべらせた。イハノヒメにばれないようコソコソと実行したのはいうまでもない。ところが、というべきか予想どおりというべきか、**すぐにばれた**。そして皇后の激怒を恐れたクロヒメは故郷に帰ってしまう。がっかりした天皇は、「船で遠ざかっていくお前が恋しいよ」という歌を詠んだ。

しかし具合の悪いことに、その歌をイハノヒメが耳にする。彼女は「**帰るなら歩いてお帰りなさいよ**」とクロヒメを船から無理やり降ろし、大阪から岡山まで歩いて帰

らせたのだ。**すがすがしいほどイジメ役に徹している。**

過酷な帰郷を強いてしまい、天皇はクロヒメに申し訳なく思うと同時に、いっそう恋しさが募るばかりだった。そこで思い切って、イハノヒメにうそをついてクロヒメに会いに行く作戦を画策した。「淡路島が見たくなった。ちょっと行ってくる」と言っていったん淡路島へ行き、そこから島づたいに吉備国に立ち寄るというプランだ。そこまでの行動力があるのなら、**もっと早い段階で妻の横暴を阻止できなかったのだろうか。**

再会した天皇とクロヒメは逢瀬を満喫した。お互いの気持ちを確かめ合い、どうにも別れがたいふたりだったが、天皇は都への帰路につかねばならなかった。

クロヒメのことがあった少し後、またもや事件が起きた。もちろん火種は天皇の浮気心と皇后の嫉妬心だ。新嘗祭《にいなめさい》が近づいていたある日。新嘗祭とは天皇が五穀の収穫を祝う神事で、神事の後の酒宴は皇后主催で行なわれていた。そこでイハノヒメは、祭りの酒宴でお酒を入れるのに使うミツナガシワの葉（柏もちに使われている葉のこと）を採集するため、紀伊国《きいのくに》（現在の和歌山県）まで出向いていた。この好機を仁徳天皇が逃すはずがない。鬼嫁不在のすきをついて、ちゃっかり自分の**腹違いの妹、ヤタノワキイラツメに手を出し、妻にしてしまった**のだ。

イハノヒメのプチ家出

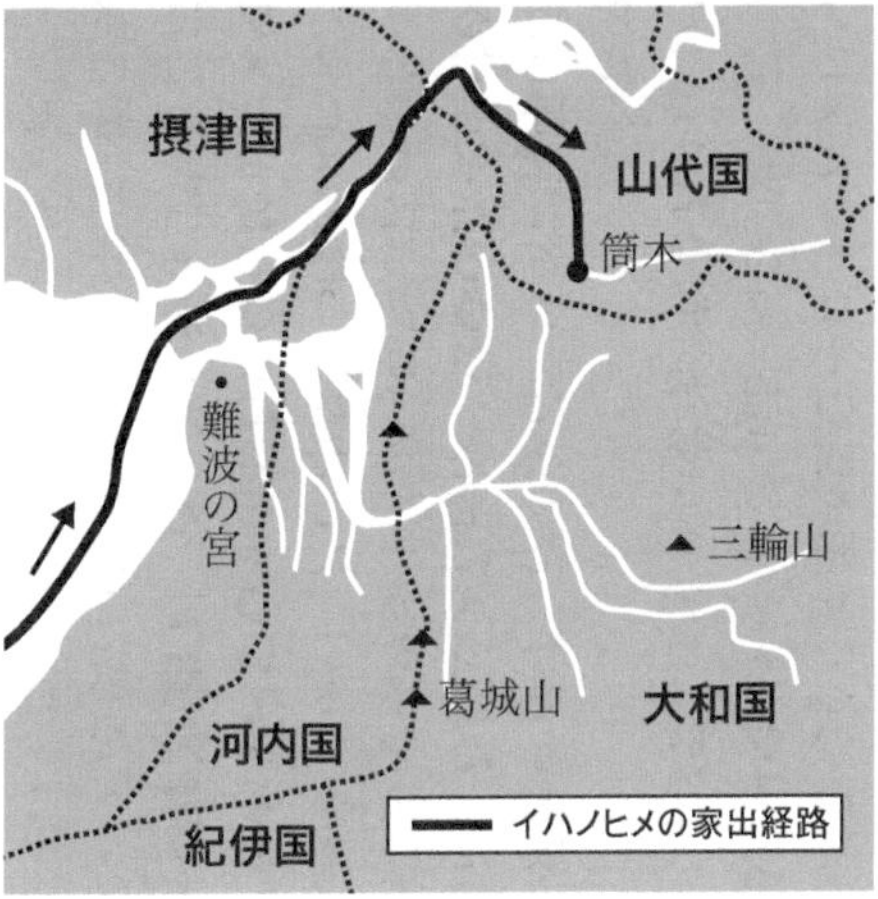

新嘗祭の準備で紀伊国に出向いていたイハノヒメは、帰り道で仁徳天皇の浮気を知る。ブチ切れた彼女は難波の宮に帰らずにそのまま現在の淀川を上って山代国までプチ家出してしまう。

さすが葛城氏のお嬢様！
難波で政治を行なう仁徳天皇にとって葛城氏は重要な防御壁だったのよ

秘め事がバレて、イハノヒメが家出

イハノヒメがその事実を知ったのは、ミツナガシワの葉を船に満杯に積み、難波《なにわ》の高津《たかつ》の宮（現在の大阪府大阪市）に戻っている最中だった。そのとき海上ですれ違った船に口の軽い者がいたのだ。**「仁徳天皇は大后様の留守をいいことにヤタノワキイラツメとおおっぴらにいちゃついているよ」**と！

イハノヒメの怒りは爆発した。「もう……もう許せないわ！　何よこんなもの！」あまりの怒りに彼女は、ミツナガシワを全部海に投げ捨ててしまった。**新嘗祭はどうするつもりだろうか**。完全に八つ当たりだ。以来、この珍事のあったあたりは御津《みつ》の前《さき》と呼ばれるようになった。今でも大阪市の三津寺町という地名にそのなごりが見られる。

さて、どうにも怒りがおさまらない彼女は、天皇のいる宮へは帰らず、淀川を上って山代国《やましろのくに》（現在の京都府）のほうまで**プチ家出してしまう**。天皇はすっかりすねたイハノヒメにフォローの歌を贈りつつ、最終的には彼女を迎えに行くのだった。話のうえではこの時点で夫婦は仲直りしたことになっているようだが、天皇はその後もヤタノワキイラツメに「やっぱりあなたをあきらめられないよ」という未練たらしい恋歌を贈っている。本当に懲りない人なのだった。

軽い浮気心が引き起こした弟の謀反《むほん》

目移りの激しい仁徳天皇、また浮気の虫が動き出したようだ。ヤタノワキイラツメにはメドリという妹がいた。彼は自分の弟のハヤブサワケを介してメドリを口説きにかかった。しかし今回の浮気は、**ちょっとこれまでの〝昼ドラ〟とは様相が違っていた**。メドリは皇后イハノヒメの激情を恐れていたので、仁徳天皇の妻になる気はなかった。そしてあろうことか、**ふたりの間を取りもつはずだったハヤブサワケとくっついた**のだ。

ハヤブサワケが、こんなことを仁徳天皇に報告できるはずもなかった。だから仁徳天皇は、ハヤブサワケにメドリを横取りされたなんて夢にも思わず、いそいそとメドリのもとへ出かけていく。自信満々でメドリの邸宅までやって来た天皇。「メドリ、愛しているよ」「**あら、私の夫はハヤブサワケですわ**」「えーっ！」。

さすがの仁徳天皇もすごすご帰ってくるほかなかった。このメドリが**歌でハヤブサワケに謀反《むほん》をもちかける**という大胆な行動に出る。このことが仁徳天皇の耳に入り、メドリとハヤブサワケは仁徳天皇が派遣した軍隊に追われる身となった。そして曽爾《そに》村（現在の奈良県宇陀《うだ》郡）のあたりで殺されたのだった。

　この話にはまだ先がある。ハヤブサワケたちを処刑した軍を率いていたオホタテは、殺したメドリが身につけていた美しい腕飾りを盗み取り、自分の妻に与えた。しかしそのことを、新嘗祭後の酒宴の席で皇后イハノヒメが見抜き、「あのふたりは謀反人とはいえ、かつてのおまえの主君にあたる人物の腕飾りをはぎ取って妻に与えるとは何ごとか！」と大激怒。イハノヒメの裁きによってオホタテもまた処刑されてしまう。ここでは**嫉妬深いイハノヒメが道徳心を説くという意外な一面を見せる**。とはいえ、この一件では仁徳天皇のほんの出来心が発端となり、戦さにまで発展し、何人もの血が流れることになってしまった。

　しかしこの後は、新嘗祭の準備をしていた際に日本で産卵しない雁が卵を産んでいたのを見た仁徳天皇が大臣のタケウチノスクネと歌を詠み交わすなどの不思議な話が瑞祥《ずいしょう》（めでたい出来事）として語られる。つまり、あくまでも仁徳天皇は有能な統治者であり、儒教的な聖帝であったことを示す説話を入れることでバランスを取っているのだ。いっぽうで、イハノヒメに嫉妬されるエピソードがしっかり盛り込まれているのも興味深い。『日本書紀』と違い、『古事記』は人間的な側面を描くこともまた目的としているのだ。

仁徳天皇の女性関係

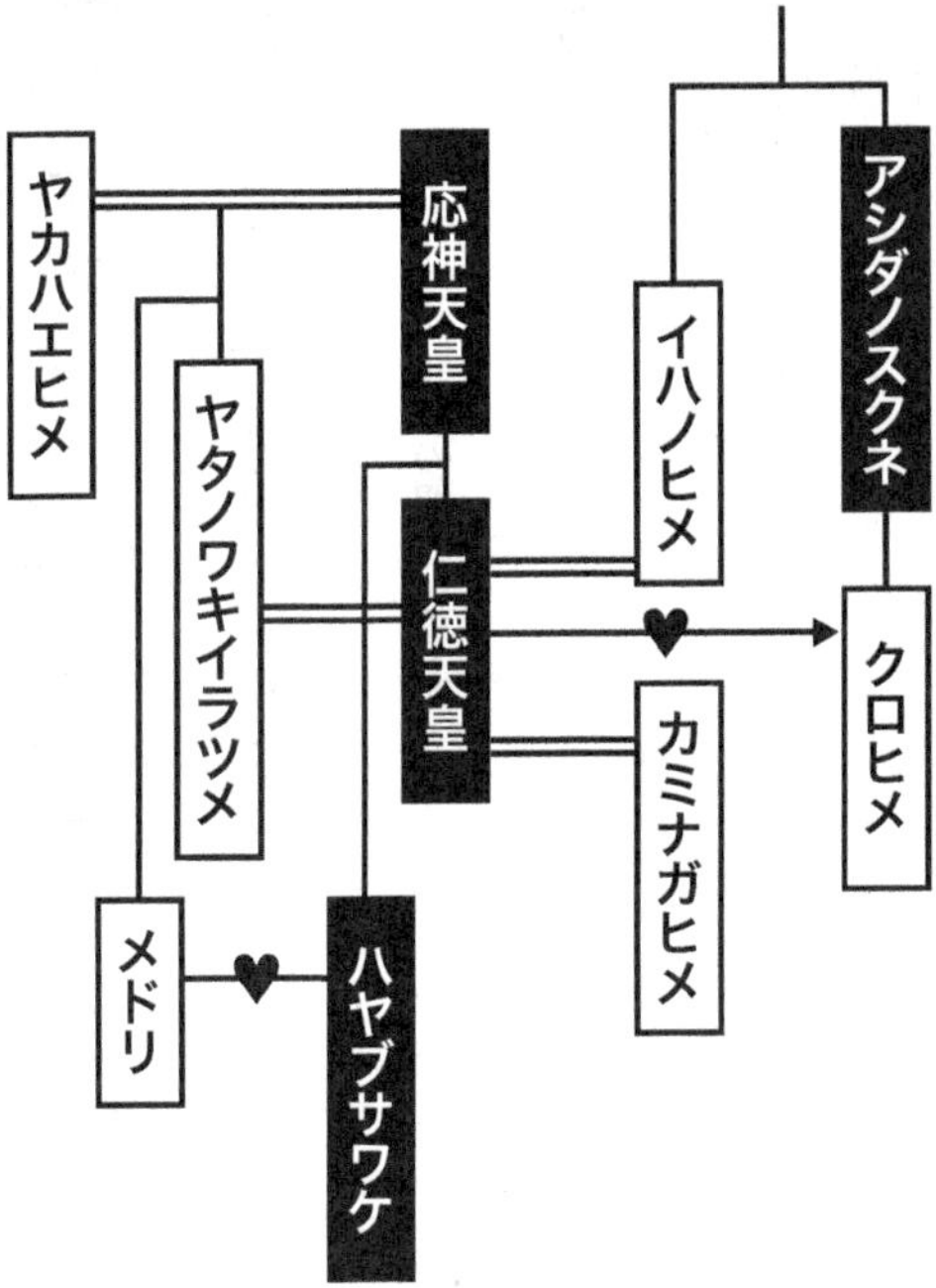

仁徳関係を取りまく女性関係はややこしい。というのも、天皇の結婚は血脈を保つ「近親婚」と勢力を拡大するための「異類婚（この場合は他氏族の女性との結婚）」が必要だったからだ（104ページ参照）。

episode 9

仁徳天皇の良政と跡目争い

◆「履中天皇の皇統譜」～

兄弟で殺し合う仁徳《にんとく》天皇の御子

知略でのし上がるミヅハワケ

第十六代・仁徳《にんとく》天皇亡き後、その御子たちは覇権をめぐる内部抗争をくり広げる。仁徳天皇とイハノヒメとの間には、四人の御子がいた。仁徳天皇の死後すぐ、一番上の兄、イザホワケが第十七代・履中《りちゅう》天皇として即位した。**履中天皇は、その即位を祝うパーティーでさっそく命をねらわれる**ことになる。暗殺をくわだてたのはじつの弟、スミノエノナカツミコだった。履中天皇が酔いつぶれて熟睡しているところを、**宮殿に放火**。側近の者がすんでのところで救い出し、彼は九死に一生を得た。父が天下を治めていた難波《なにわ》の高津《たかつ》の宮《みや》（現在の大阪府大阪市）から、大和国《やまとのくに》（現在の奈良県）へと逃れてきたのだった。

そこへ、次の弟ミヅハワケが会いにやってきたのだが、スミノエノナカツミコから殺されかけた履中天皇は、ミヅハワケに対しても疑心暗鬼でいっぱいだった。「信用できぬから会わん」と履中天皇。「私はスミノエノナカツミコとは違う。信じてください」とミヅハワケ。**「では今すぐにヤツを殺して来たら会ってやろう」**。恐ろしいことに、ミヅハワケはためらわずそれを実行する。すぐさま難波へ下り、スミノエノナカツミコの側近をだまして自分の味方にし、彼を殺させた。しかし、ミヅハワケは君主を裏切るその側近を信用していなかった。そこで、その側近に大臣の位を与え、酒を酌み交わそうと誘った。そのとき、顔が隠れるほどの大きな椀になみなみと酒をつぎ、側近がその酒を飲もうと顔が隠れた瞬間にすばやく斬殺した。こうして履中天皇はミヅハワケをやっと信用し、兄弟で仲良く語らったそうだ。

六十四歳で履中天皇が他界したのち、皇位を継承したのは、ミヅハワケだった。彼は第十八代・反正《はんぜい》天皇として、多治比《たじひ》（現在の大阪府羽曳野市）に都を置いた。反正天皇の時代については『古事記』でまったく語られていないので詳細はわからない。『日本書記』でも同様だ。ただ、**彼が一八四センチ**

の長身で、二センチもある大きな歯がきれいに並んでいたという細かい描写だけは不思議と残っている。

三人の兄弟で皇位を継承した時代

次の皇位は、またしても兄弟間で継がれた。反正天皇の弟であり、イハノヒメを母とする仁徳天皇の四人目の御子、ヲアサヅマワクゴノスクネが、第十九代・允《いん》恭《ぎょう》天皇として即位。彼ははじめ、持病を理由に皇位を継ぐのを嫌がっていたのだが、当時乱れていた氏姓制度の立て直しを図るという、意欲的な政策を実行した。ただ、氏姓についてうそ偽りがないかを判断するために行なわれていた手段は非情だった。それは**煮えたぎった湯に手を入れさせ、火傷をすればクロあつかいとなる**というもの。私たちの感覚ではとても正気の沙汰とは思えないが、この手法は**盟神探湯《くかたち》**といって、当時は**裁判などでも使用されていた**そうだ。

こうして履中天皇から允恭天皇まで、三人の兄弟が立て続けに皇位を継承したのだが、これはきわめてイレギュラーなことだった。直系の御子が次の天皇になるのが通例だったからだ。そして允恭天皇の死後、皇位はその息子、キナシノカルノミコに受け継がれるはずだった。が、またもや醜い争いが起こってしまうのだった。

豆知識こらむ

履中天皇と弟の女性をめぐる因縁

『日本書紀』には、スミノエノナカツミコが第十七代・履中《りちゅう》天皇に焼き打ちをかけた事件に関連して、もうひとつの事実が付記されている。まだイザホワケ（履中天皇）が即位する前の話。イザホワケの結婚式に先立って、弟のスミノエノナカツミコが、イザホワケの婚約者のもとを使者として訪れたのだが、そのときスミノエノナカツミコは、自分がイザホワケだと偽って、兄の婚約者を寝取ったのだ。

よほど兄を憎んでいたのか。そんな兄が履中天皇として即位。スミノエノナカツミコは、「あの事実が明るみに出ると自分の命が危ない。履中天皇を消しておけば自分が天皇になれるかもしれないし」と、先手を打って兄を殺そうとしたのだ。

『日本書紀』も合わせて見ると、スミノエノナカツミコは人間のクズのような描かれ方だ。結局はその報いを受け、兄と弟に陥れられ、殺されてしまう。

episode 10

兄妹姦が引き起こす悲劇

兄妹恋愛と天皇暗殺事件
◆「キナシノカルノミコの密通」～

♥悲しい運命をたどる三組めの兄妹恋愛

イザナキとイザナミ、サホビコとサホビメのように、**兄と妹が愛し合う話**はこれまでも『古事記』に出てきた。ここで、三組めの例が登場する。第十九代・允恭《いんぎょう》天皇の御子、キナシノカルノミコと、同じ母から生まれた妹、カルノオホイラツメだ。兄と妹のケースがこんなに何度も出てくると、**この時代兄妹恋愛はけっこうスタンダードだったのか？　とつい思ってしまいそうになるが、さすがに同母兄妹の姦通は当時でもけっしてスタンダードではない**。やはり許されざる行為だった。兄妹で愛し合っていた事実が明るみに出て、次期天皇の座が約束されていたキナシノカルノミコは即位できずに失脚し、悲惨な運命をたどることになった。

カルノオホイラツメは輝くばかりに美しい女性だった。彼女自身の放つ輝きが衣服を通り抜け、光って見えたのでソトホリ（衣通）ノイラツメというニックネームがついたほどだ。キナシノカルノミコが心迷ってしまったのも、この世のもとの思えない彼女の美しさのせいだったのか。

「人目を忍び、やっとあなたと肌を合わせることができたよ」「あなたと結ばれることができたんだから、もうどうなってもいい」こんな歌を妹に贈って自分の世界に陶酔していたキナシノカルノミコ。臣下たちは眉をひそめ、皆彼から離れて行った。そしてキナシノカルノミコの実弟、アナホノミコ（のちの第二十代・安康《あんこう》天皇）のほうへと集まっていった。

♥臣下の裏切りであえなく降参

ハッと気がついたら周りに誰もいなかった――。自分の地位が危うくなっていることにやっと気づいたキナシノカルノミコは、「アナホノミコが自分をねらって攻め込んでくるに違いない」と恐ろしくなった。そして、自分の臣下であるオホマヘヲマヘノスクネの屋敷に逃げ込んだ。

妹との道ならぬ恋に落ち、孤立してしまった兄と、その失態をついて天皇の座をねらう弟。ふたりはそれぞれに武器を準備し、臨戦態勢に入る。血のつながった兄弟同士の戦いが始まろうとしていた。アナホノミコの軍勢が、キナシノカルノミコをかくまっているオホマヘヲマヘノスクネの屋敷を包囲する。アナホノミコはすぐに攻め入らず、相手の投降をじっと待っていた。無用な争いは得策でないと考えたのだろうか。

ほどなくしてオホマヘヲマヘノスクネが外に出て来て、こんなことを言い始めた。「同じお腹から生まれた兄上を攻めるのはお止めください。そんなことをすればあなた様は世間から非難を浴びてしまいましょう」。兄弟間の痛ましい争いを避けようとする、**臣下たるにふさわしい発言かと思いきや、違っていた**。「だから私が兄御子様をとらえて差し出しましょう」。

これをもしキナシノカルノミコが聞いていたなら、「**な、何だって！！**」とのけぞったに違いない。ともに戦ってくれるはずだった頼みの綱の臣下が、堂々と自分を裏切ったのだから。そこでアナホノミコは包囲体勢を解き、連行された兄の身柄を確保した。キナシノカルノミコは、いとしい妹を思い、「ああ妹よ、ひとりで忍び泣いている妹よ、今あなたと愛し合いたい」と嘆きながらとらわれていった。

episode 10

兄妹恋愛と天皇暗殺事件 ◆「伊予に流される」～

罪深き兄妹の悲しい最期

♥元皇太子キナシノカルノミコ、伊予に流される

弟のアナホノミコに捕まってしまったキナシノカルノミコは、**同母の妹と密通するというタブー**を犯した罪人として、伊予国《いよのくに》（現在の愛媛県）に流されることになった。当然、最愛の妹カルノオホイラツメとは離れ離れだ。このとき彼は、「天飛《あま》ぶ　鳥も使《つかひ》ぞ　鶴《たづ》が音《ね》の　聞こえむ時は　我が名問はさね（空を飛ぶ鳥も私の使いなのだ。もし空に鶴が鳴きわたるのを見たならば、どうかその鳥に私の名前を尋ねておくれ）」と、切ない気持ちを歌にしてカルノオホイラツメに詠んだ。またこんな歌も詠んでいる。「王《おほきみ》を　島に放《はぶ》らば　船余《ふなあま》り　い帰《がへ》り来むぞ　わが畳《たたみ》ゆめ　言《こと》をこそ　畳と言はめ　わが妻はゆめ（大君である私を島流しにしたとしても、私はすぐに帰りの船に乗ってまたここに帰ってこよう。私のいつも座っている畳は留守の間もけっして汚さないように。言葉では畳と言っているが、じつは私の妻のことだ）」。これは畳のことを言っ

ているようで、それ以上に妻のことを心配していることを強調するテクニックを使った歌。とにかく、カルノオホイラツメに貞操を守ってきれいなままでいてほしい、という彼の気持ちは痛いほど伝わってくる。

すると彼女のほうも、「夏草《なつくさ》の　あひねの浜の　蠣貝《かきかひ》に　足ふますな　あかして通れ（夏草が茂るあひねの浜で貝のかけらを踏んでケガをしないでください。夜を明かしてから行ってください）」と歌を詠んだ。これは「あひねの浜」という地名に「相《あひ》寝《ね》」をかけて、つまりは「朝まで一緒にいてほしい」という内容。これが普通のカップルのやり取りならば、悲しくて心を打つシーンなのだが、兄妹だと考えると、**思わず引いてしまうほどの強烈な違和感を覚える**。しかし、古代の世界観では、兄妹の恋がより純粋なものとして考えられる背景があったのだ。

とうとうキナシノカルノミコが流されてしまい、カルノオホイラツメは遠く離れた飛鳥の宮から、兄の安否を気づかうのだっ

た。ところが、日がたつにつれ、彼女はいても立ってもいられなくなる。「**もうこれ以上待ってはおれませぬ。私、お兄様に会いに参りますわ！**」と、伊予国へ向けて旅立ってしまった。

♥兄を追いかけて旅立つ妹

カルノオホイラツメが自分を追いかけて来たと知り、キナシノカルノミコは感激する。そして彼女を待ちわびて待ちわびて、長々と歌を詠むのだった。

「こもりくの　泊瀬《はつせ》の河《かわ》の　上《かみ》つ瀬に　斎杙《いくひ》を打ち　下《しも》つ瀬に　真杙《まくひ》を打ち　斎杙には　鏡を懸《か》け　真杙には　真玉《まだま》を懸け　真玉なす　あが思《も》ふ妹《いも》　鏡なす　あが思ふ妻　ありと言はばこそよ　家にも行かめ　国をも偲《しの》はめ（山深く籠り隠れた故郷の川の上流と下流に神聖な杙を打ち込み、その杙に立派な鏡と玉を掛けた。その鏡と玉のように私が大切に思う妻よ、君がいるならば家にも帰ろう、故郷も忍ぼう。でも君がいないなら、私は家に帰ろうとは思わないし、故郷を忍ぼうとも思わないのだ）」。

伊予国で再会を果たしたふたりは、喜びを分かち合い、愛を交わしあうと、その地でともに命を絶ってしまった。「**兄と妹の純粋な恋**」という古代の世界観は、ここで終わりを迎えることとなる。

豆知識こらむ

兄妹婚の罪の重さを島流しの距離で計ると？

この世で最高の支配者の地位である皇位。その皇位を捨て、妹カルノオホイラツメへの愛を取ったキナシノカルノミコ。

兄妹婚は彼らの例だけではないが、いずれも不幸な結果が訪れていることで、そのタブー性を読者に感じさせる。キナシノカルノミコは罪人として伊予国《いよのくに》（現在の愛媛県）に流されたのだが、これはどのレベルの罪なのだろうか。

古代の流刑は、身分や罪によって流される距離が違った。遠流《おんる》なら伊豆国《いずのくに》（現在の静岡県）や佐渡《さどの》国《くに》（現在の新潟県）、中流《ちゅうる》なら諏《す》訪《わ》（現在の長野県諏訪市）や伊予国、近流《こんる》なら越前国《えちぜんのくに》（現在の福井県）や安芸国《あきのくに》（現在の広島県）といった具合だ。

キナシノカルノミコは伊予だから中流だ。これだけでは罪の重さを判断しにくいが、少なくとも近場ではないし、ふたりは子もなく心中する運命を与えられたので、かなりの罪として位置づけられていることは確かだろう。

episode 10

兄妹恋愛と天皇暗殺事件

◆「安康天皇、オホクサカを殺害」〜

七歳の子供が天皇を暗殺

♥欲深い臣下のうそで悲劇が始まる

首尾よく兄のキナシノカルノミコを追っぱらったアナホノミコは、晴れて第二十代・安康《あんこう》天皇となった。だが即位以降の彼の運命は、**まったく穏やかでない**。

安康天皇は、自分の弟のオホハッセ（のちの第二十一代・雄略《ゆうりゃく》天皇）のために、叔父のオホクサカの妹を迎えてやろうと考えた。この申し出を聞いたオホクサカは大喜び。安康天皇の使いのネノオミに、豪華なお礼の品を持たせた。ところが、**あまりにすばらしい品だったため、ネノオミはこれを盗んでしまう**。自分の悪事をもみ消すため、安康天皇には「『大事な妹をやれるものか』とオホクサカにすごまれましたよ」とでたらめを並べ立てるネノオミ。**普通はばれると考えるものだが**。

当然安康天皇は激怒、即刻オホクサカを殺し、そのうえ彼の妻のナガタノオホイラツメを無理やり自分の皇后にしてしまった。しかし安康天皇は叔父殺しの報復を受けた。オオクサカとナガタノオオホイラツメにはマヨワという七歳の息子がおり、安康天皇はマヨワも一緒に引き取っていた。マヨワは誰が父を殺したのかを知らなかった。が、ある日、偶然にも神殿の床下で遊んでいたマヨワは、安康天皇が「マヨワが大きくなって、いつか私があの子の父親を殺したことを知ったら、復しゅう心を抱きはしないだろうか」と妻に話しているのを聞いてしまう。

♥仇討ちしたマヨワをオオホハツセが討つ

ショックを受けたマヨワがとった行動がじつに恐ろしい。**なんと安康天皇の寝首をかく**のだ。**七歳の男の子が。**『古事記』にはさらりと書かれているが、**天皇を殺すなんて、とんでもないことだ。**『古事記』のどこを見てもほかに例がない。

安康天皇の弟、オオホハツセは、次期天皇候補のうちのひとり。ヤマトタケルの血を引いた彼は非常に猛々《たけだけ》しく、好戦的なたちだった。マヨワの凶行を知ったオオホハツセ

は、ふたりの兄、クロヒコとシロヒコに「われらの兄を殺したあいつを、どうしてやりましょうか」と相談をもちかけた。ところが兄たちの反応はイマイチ薄い。この対応に腹を立て、オホハツセは**兄たちをふたりとも惨殺**する。**クロヒコは刀でばっさり。シロヒコは生き埋め。**

さてマヨワのほうはというと、葛城氏《かつらぎし》・ツブラノオホミの屋敷に潜伏していた。オホハツセは軍隊を引き連れてツブラノオホミ宅を包囲。臣下のところに逃げ込み、敵に囲まれるというケースは、キナシノカルノミコが弟のアナホノミコ（のちの安康天皇）に追われたときに似ている。後の展開はまったく違うのだが。ツブラノオホミは精一杯応戦したが、勝ち目は到底なさそうだと判断したマヨワは、ツブラノオホミに自分を刺し殺させたのだった。ツブラノオホミはその手で自害した。

ふたりの兄を消し去ったオホハツセにとって、皇位継承の邪魔になるのは第十七代・履中《りちゅう》天皇の子、イチノヘノオシハだけになった。彼は人望が厚かったので最大の邪魔者といえた。オホハツセは彼を狩りに誘い出し、あっさりと矢で射殺してしまった。**みずからの皇位継承の妨げになる人間を殺し尽くし、オホハツセは皇位につく**ことになる。しかしオホハツセに謀殺されたイチノヘノオシハには、オケ、ヲケというふたりの息子がいた。

オホハツセを取り巻く人間関係

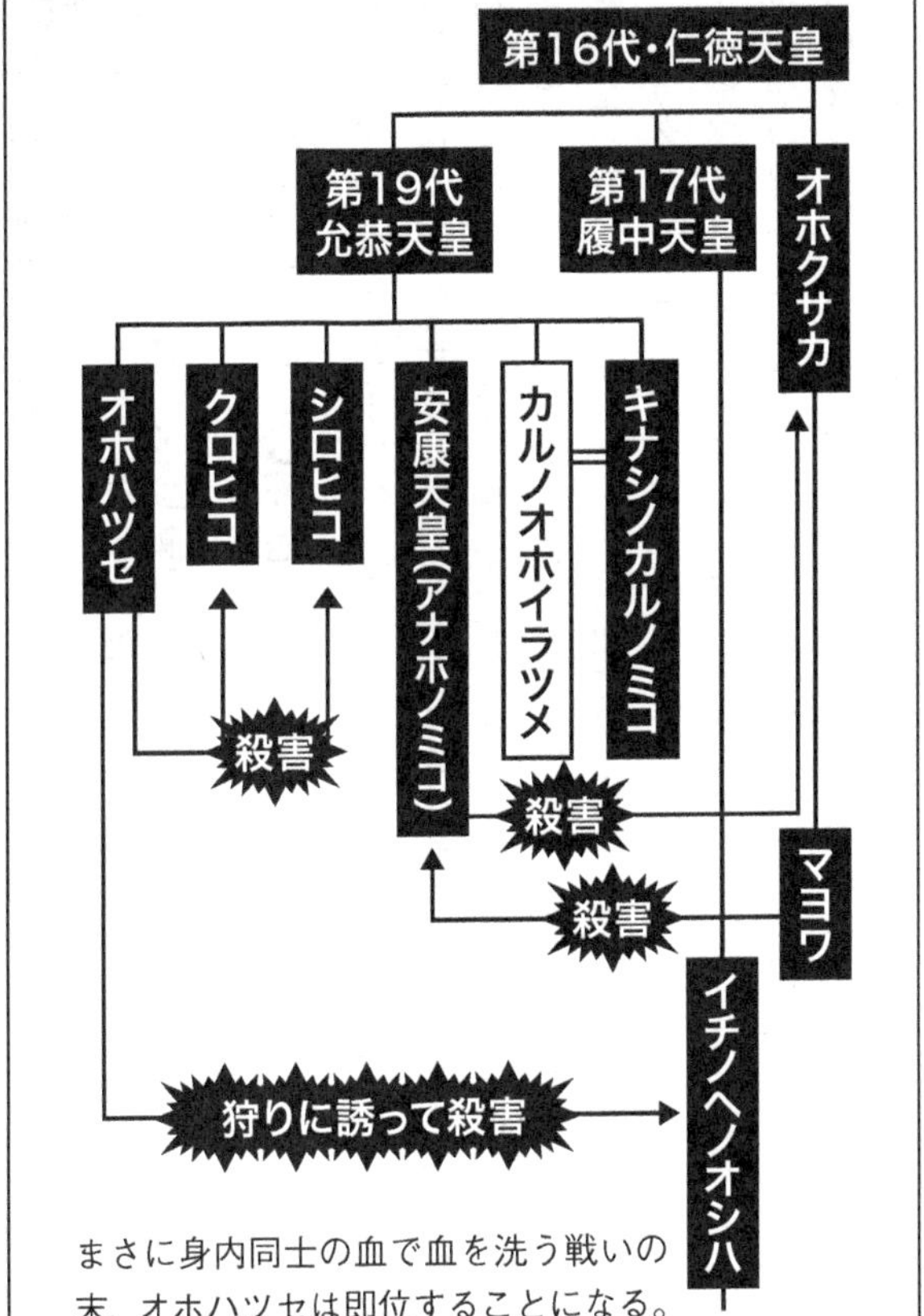

まさに身内同士の血で血を洗う戦いの末、オホハツセは即位することになる。

episode 10

兄妹恋愛と天皇暗殺事件

◆「雄略天皇の皇統譜」～

最後の英雄、雄略《ゆうりゃく》天皇

♥自由奔放に恋を楽しむ天皇

厄介者をすべて排除したオホハツセは、第二十一代・雄略《ゆうりゃく》天皇として即位した。**即位後の彼は、前項の血なまぐさい人物とはうって変わってにナンパになる。**『日本書紀』では強大な軍事力で各地を制圧し、朝鮮半島諸国との外交にも乗り出す専制君主像として描かれているが、『古事記』ではとにかく〝**恋バナ**〟ばかり。

雄略天皇の后はワカクサカべ。無実の罪で殺されてしまったオホクサカの妹にあたる。ワカクサカべとの間には御子ができなかったので、別の妻の生んだ子、シラカノオホヤマトネコが皇太子となった。このワカクサカべに雄略天皇がプロポーズする場面がある。国見のため山の上から国内を眺めて雄略天皇は、ある豪族の家が、宮廷の建物のような装飾をしていることを激しくとがめた。その家の主がおわびにと差し出したのは、おめでたいとされている白い犬だった。雄略天皇はこの犬を、ワカクサカベへの、いわば結納品としてプレゼントした。それほど白い犬は珍重されたということだろうが、**もらいものの横流しはいかがなものか**。

　こんな気の毒な話もある。アカイコという美少女を見初めた彼は、「お嫁に行くんじゃないよ。私が妻として迎えに行くから」と言い残して去った。アカイコはワクワクして待ったが、そのまま八十年が過ぎた。彼女は、どんな気持ちで待っていたか、一言伝えないと気がすまなかったので、天皇に会いに行ったのだった。

　ところが雄略天皇はすっかりこのことを忘れていた。「**どこのばあさん？　何の用？**」「**じつはかくかくしかじかで……**」「**あっ！　忘れてた！**」とこんな具合。しかしこんな老婆を妻にはできないので、**深くわびて里に帰した**そうだ。ここでは、雄略天皇が半ば神格化されてぜんぜん年をとっていないのがおもしろい。ほかにも、行幸《みゆき》先で出会った舞姿の美しい少女にほれこんだり、のちに妻となるヲドヒメがプロポーズのときに逃げてしまったりといった女性関係ネタが続く。

♥葛城山で神様と遭遇。葛城氏との関係はいかに

〝恋バナ〟以外にも興味深いエピソードがある。たとえばアブとトンボの話からは、**日本を示す秋津島《あきつしま》という言葉の由来**がわかる。吉野離宮（現在の奈良県吉野郡）で狩りに興じていた雄略天皇の腕をかんだアブがいたが、アキヅ（トンボのこと）が飛んで来てそのアブをくわえて行った。このとき雄略天皇は、次のような歌をつくった。「大君たるこの私の腕にアブめがかみついた。**これを捕まえたあっぱれなアキヅよ**。だからわが国のことをアキヅ島と呼ぼう」。吉野離宮のあたりも阿岐豆野《あきづの》と呼ばれるようになった。

天皇が葛城山で神に出会うくだりからは、天皇家と葛城氏との関係が読み取れる。葛城山での狩りの最中に、自分とそっくりの姿かたちをした、「葛城のヒトコトヌシの大神」に出くわして平身低頭する雄略天皇。家来の衣服などを大神に供えると、大神は喜んで天皇一行を山の下まで送り届けてくれるのだ。ヒトコトヌシの大神は葛城氏が祀《まつ》る神様だ。人間には見えないはずの神が、雄略天皇によって、しかも雄略天皇そっくりの姿かたちで目撃されたという話は、**天皇家が葛城氏を制圧したことを暗に描いている**。雄略天皇は百二十四歳で没した。

豆知識こらむ

大悪天皇と呼ばれた雄略《ゆうりゃく》天皇 あっちのほうもスゴい！

　オホハツセ（第二十一代・雄略《ゆうりゃく》天皇）は兄や従兄弟を惨殺し、天皇の座についた。独裁的な政治、激情型の性格、何のためらいもなく人を殺す残虐さから、人々から「大悪天皇《はなはだあしきすめらみこと》」と非難されたと『日本書紀』は語っている。第二十五代・武烈《ぶれつ》天皇も大悪天皇と呼ばれたらしいが、こんな不名誉な異名を持つのは、歴代天皇のなかでもこのふたりだけ。

　色好みに関しても、『日本書紀』では『古事記』とはまた違った話がある。ある采女《うねめ》が雄略天皇の娘を産んだが、彼は「あいつは一晩召しただけだ。私の子のわけないじゃないか」と、認知しなかった。そこで物部のメノオホムラジが「一晩に何度召されたのですか？」と聞くと、「七回」との答えが。「そんなにもしておいて！」とメノオホムラジに説得され、ようやく皇女として認めたという。とはいえ、ここにも一夜で子供もつくる神の結婚「一夜婚」の思想があるのだ。

episode 11 血統を告白する二皇子

途切れた皇統

◆「清寧天皇の皇統譜」〜

皇位を継承する者ナシの非常事態

第二十一代・雄略《ゆうりゃく》天皇亡き後、皇子のシラカノオホヤマトネコが第二十二代・清寧《せいねい》天皇となった。しかしまことに残念なことに、清寧天皇は即位後数年で死んでしまった。しかも独身のままで。当然皇子もいなかった。そして朝廷を見渡すと、皇位を継承できる男子がひとりもいない状態になっていた。**皇子たちがめちゃくちゃに殺し合ったため**だ。

これはかなりの非常事態。誰かいないものかと、血まなこになって探し回った結果、かつてオホハツセ（雄略天皇）が謀殺したイチノヘノオシハの妹・イヒトヨに行き着いた。そこで、とりあえず次の天皇が決まるまで、イヒトヨが統治を行なうことになった。ただ、女帝は第三十三代・推古《すいこ》天皇までひとりもいないことになっているので、彼女は天皇になったのではなく、あくまでも単なる中継ぎだった。

イチノヘノオシハにはふたりの息子がいたことを思い出していただきたい。**彼の父親は第十七代・履中《りちゅう》天皇だから、この兄弟は確実に皇位継承権をもっているはずだ。**しかし兄弟は、父が殺害された後、**一緒に行方をくらました**。周囲では、兄弟は完全に消息不明とみなされていた。だがイヒトヨが中継ぎでがんばっていたころ、ついにこの兄弟が発見される。兄弟の名はオケとヲケ。父の死後、播磨国《はりまのくに》（現在の兵庫県）のシジムという人物に、正体を隠して雇ってもらい、馬飼い、牛飼いとして働いていた。彼らと宮廷を結ぶ接点は、ひょんなことから生まれた。

火炊き童が皇位継承者だった！

ヲダテという山部《やまべ》の有力氏族が、地方長官として播磨国に赴任していたときのこと。あるとき、かのシジムが家を新築したということで、国の有力者をたくさん招いて祝いを盛大に打ち上げ、ヲダテもその席に招かれていた。宴は大変な盛り上がりようで、参加者は酔って次々に舞を舞い出した。

オケとヲケは、シジムのところでは身分の低い童として働いていたので、この宴でもひたすらかまどで火を炊かされていた。誰かが兄弟にふざけて、「お前たちも何か舞をやってみろよ」と言った。**舞など知らないであろう卑しい童たちをうろた**

えさせて、物笑いの種にでもするつもりだったのか？

「兄さん、先にどうぞ」「いやいや、お前が先に舞うといいよ」という兄弟の謙虚な譲り合いも、周りは「できないくせに」とうすら笑って見ていた。そしてやっと兄が、続いて弟が皆の前で舞を舞った。弟はこのとき歌を詠んだが、その内容はとんでもないものだった。彼らの出自がはっきり語られていたからだ。「履中天皇は、敵を征服し、すばらしい手腕で天下を治めました。その皇子、イチノヘノオシハの子である私たち、じつは履中天皇の子孫なのです」。**この歌を聞いてヲダテは、床からころげ落ちるほどびっくり仰天した**。大慌てで部屋から全員追い出し、兄弟を大事に自分のひざの上に座らせ、うれしさにむせび泣くヲダテ。「よくご無事でおられましたなあ……」。このことはすぐに都のイヒトヨに伝えられた。彼女にとってオケとヲケは、殺された兄の忘れ形見。どんなに喜んだかは容易に想像がつくだろう。イヒトヨはさっそく兄弟を都に呼び寄せるのだった。

顕宗仁賢神社に祀られたヲケとオケ

© 神戸市西区役所

兵庫県神戸市西区にはのちに顕宗天皇になったヲケと、のちに仁賢天皇になったオケを祀《まつ》る神社がある。ふたりの兄弟はこの地でかくまわれていたという。

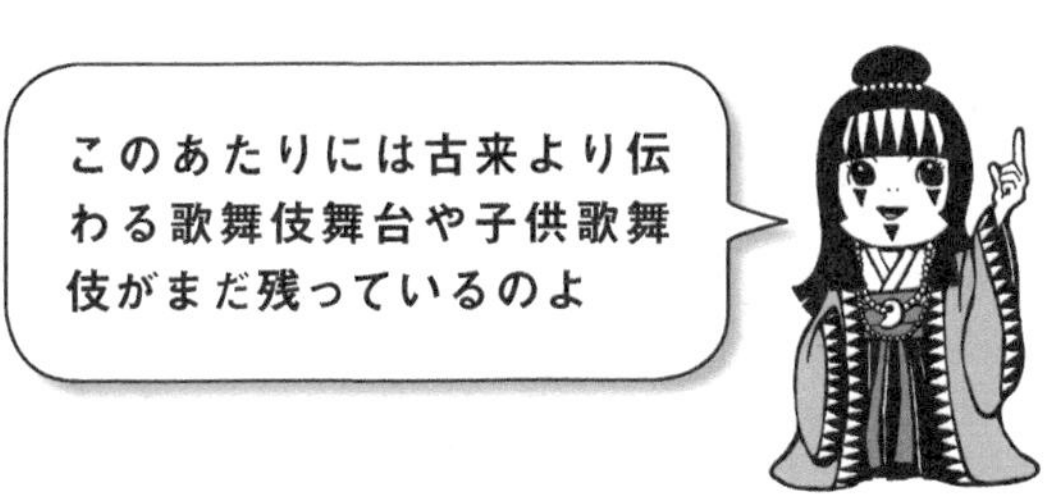
このあたりには古来より伝わる歌舞伎舞台や子供歌舞伎がまだ残っているのよ

episode 11

途切れた皇統

オケとヲケ、皇位を継承する

◆「ヲケとシビの闘歌」～

有力豪族のシビと歌垣《うたがき》で争う

播磨国《はりまのくに》（現在の兵庫県）の地方長官ヲダテに見出された、第十六代・仁徳《にんとく》天皇とその長男・第十七代・履中《りちゅう》天皇の血統をひくオケとヲケ。まず弟のヲケが第二十三代・顕宗《けんぞう》天皇に、続いて兄のオケが第二十四代・仁賢《にんけん》天皇に即位した。**播磨国で卑しい仕事に就いていたあのふたりが。運命とは数奇なものだ。**

さて、ヲケが顕宗天皇となる直前のこと。当時、歌をかけ合って思いを伝える歌垣という会が、交流の場として、あるいは求婚の場として、よく開かれていた。ある日、有力豪族平群《へぐり》氏のシビという男が歌垣で、オフヲという女性にアプローチした。しかしオフヲには、ヲケが結婚を申し込むはずだった。横取りされてなるものかと、ヲケも歌垣へ。こうしてヲケとシビの、歌による戦いが始まった。

さっそくシビがヲケに歌いかけた。「御殿の隅っこが傾いて倒れそう」。ヲケが下の句を返す。「大工が下手くそだったから傾いてしまったよ」。またシビが歌う。「皇子どのが頼りないから、オフヲを私にとられてしまった」。ヲケも負けじと、「シビ（マグロ）のくせに女に手を出すなんて、お前バカか？」。これにシビが業を煮やして、「皇子の御殿の柴垣など、すぐに切れる役立たず。火事でもすぐ燃えるぞ」。歌とはいえ、**もはやほとんど悪態をついているだけだ**。さらにヲケはたたみかける。「大物の魚（オフヲ）をねらう海人よ。お前さんのことだ。獲物が逃げたらさぞ悔しかろうね」。

　こんなかけ合いが朝まで続いた。歌垣での争いはここで終了したが、**オケとヲケは、朝廷を脅かす危険人物としてシビをロックオン**した。そして歌垣が終わった朝に、兄弟はシビの家を襲撃した。ヲケが即位したのはその後すぐだった。

即位したヲケの復しゅう劇

　ところで、通常なら兄のオケが先に皇位

を継承するはずだが、なぜヲケが先だったのだろうか。仲のよい兄弟はいつも相談し合い、譲り合った。皇位継承のときもそうだ。オケは弟にこういった。「播磨国のシジム邸の宴で、お前があの歌を詠んだから、今があるんだ。お前のおかげだ。だからお前が先に天下を治めなさい」。ヲケは固辞するも、結局断り切れなかった。じつによくできた兄弟だ。彼らもこうして「**有徳の天皇**」として描かれたのだった。ヲケ改め顕宗天皇は、八年間在位していたが、妻をめとったにもかかわらず、さきの第二十二代・清寧《せいねい》天皇と同じく皇子が生まれなかった。

顕宗天皇は、父を自分たちの手で手厚く葬るために、ずっと遺骨を探していた。ある身分低い老婆が、なぜか遺骨が埋められた場所を正確に知っていたため、彼は遺骨を見つけ、御陵《ごりょう》をつくって葬った。「鹿がたくさんいる場所」を教え、かつて第二十一代・雄略《ゆうりゃく》天皇が父・イチノヘノオシハを鹿狩りに誘うきっかけをつくった近江国の豪族・カラブクロに御陵の番人をさせるという仕返しも忘れなかった。

昔の恨みをひとつひとつ晴らしていく顕宗天皇。父を殺した敵からの逃亡中、卑しいイノシシ飼いの老人に食料を奪われたことがあったのだが、執念で老人を探し出させ、斬り捨てたうえに、**一族全員のひざの筋を切断するというむごい仕打ち**を与えている。さすがに、「何もそこまで」と思わずにはいられない。

豆知識こらむ

婚活にいそしむ男女が歌って楽しむ合コン、歌垣《うたがき》

ヲケとシビが歌で争う場面が出てくる「歌垣《うたがき》」というのは、男女が集まって、歌をかけ合ったり、踊ったりするイベントのことだ。もともとは春や秋に作物の豊作を祈って行なう農耕儀礼だった。決まった日に、山野、海辺、市などに男女が集まり、豊作を祈るパーティにかこつけて、愛を交わし合っていた。そこから、複数で歌をかけ合って楽しむという部分が延長、発展して、歌垣という形になったのだろう。やがて、男女の婚活イベントの場へと変容していった。いわば、婚活のための合コンだ。

ひとりの女性をめぐって複数の男性が争うことも多々あっただろう。ヲケとシビの歌ゲンカもそんな一幕だ。このくだりだけを読むと、「歌垣だからやっぱり歌で勝負するのね。身分高い方々は雅《みやび》なのね」と思う。しかしその後ヲケは兄と結託してシビを一族もろとも殺すのだから、ちょっとシャレにならない。

episode 11

途切れた皇統

兄弟の真の復しゅうが終わる

◆「報復の道義」～

雄略《ゆうりゃく》天皇の墓を暴こうとする顕宗《けんぞう》天皇

兄弟にとって、**最も重要な復しゅうが残っていた**。父のイチノヘノオシハを亡き者にした第二十一代・雄略《ゆうりゃく》天皇に対しての復しゅうだ。彼らは雄略天皇を深く恨んでいた。無念の死をとげた父を、なんとかして弔《とむら》いたいと考えていたのだ。しかし肝心の雄略天皇はとうにこの世を去ってしまっていない。そこで第二十三代・顕宗《けんぞう》天皇は暴挙に出る。「**ヤツの墓を思い切り破壊してやろう**」。

その計画を実行すべく、顕宗天皇は雄略天皇の御陵《ごりょう》に人を派遣しようとしていた。このとき兄のオケは、弟を制止してこう言った。「墓の破壊は、人にやらせるべきことではありません。私がひとりで行って、ちゃんと壊してきますよ」。顕宗天皇は「では、そのように頼みます」と兄の助言に従った。

どちらかというと直情的な弟に対し、兄は理論派でとても思慮深かった。以下のやりとりにもそれがよく表れている。「墓を掘ってきました」とオケは弟に報告した。「どんなふうに？」顕宗天皇は尋ねた。オケの帰りがやけに早かったからだ。するとオケは「墓のわきの土をちょっとだけ掘り返したんですよ」などと言うではないか。**「どうしてそんなことを!?　父上の復しゅうのためには、墓を完全にぶっ壊してしまうべきなのでは？」**と詰め寄る顕宗天皇。

オケはこう答えた。「雄略天皇は確かに父上を殺した憎い人物ですが、同時にわれらの従父（父のいとこ）であり、天皇でもありました。いくら父上の御霊に報いるためとはいえ、そのようなかたの墓を全壊させるなどすれば、後世の人々にはどう映るでしょう。非難されるに違いありません。でもわれらの志は果たさねばなりません。だからちょっとだけ掘ったのですよ。雄略天皇への辱めとしては、それで十分です」。

これには顕宗天皇も、ご説ごもっともという感じで納得したという。このやりとりも、**兄弟天皇の徳の高さを示すものとして盛り込まれた重要なエピソードだ**。顕宗天皇の他界後、やっと兄のオケが第二十四代・仁賢《にんけん》天皇として即位した。『古事記』では、仁賢天皇の時代について何も語られていないため、詳細がわからない。ふたりの妻との間に七人の皇子がいて、うちひとり、ヲハツセノワカサザキが後を継いだ、とだけ書き残されている。

神武《じんむ》天皇の皇統が途絶える

仁賢天皇の皇子、ヲハツセノワカサザキは、第二十五代・武烈《ぶれつ》天皇として即位した。武烈天皇に関する記述もまったくといっていいほどない。以降の天皇についても、淡々と皇統譜が連ねられるだけなので、『日本書紀』の記述を参考にする必要がある。

ところがその『日本書紀』に記されている武烈天皇というのが、**とんでもなくサディスティックな人物**なのだ。「妊婦の腹を割いて胎児を眺めた」「爪《つめ》をはいだ手でイモを掘らせた」「女性を馬と交わらせた」……などなど、気分が悪くなりそうな猟奇的行為が出るわ出るわ。

ただ、両方の書物で共通して述べられていることは、「**武烈天皇には後継ぎがいなかった**」ということだ。そしてほかに皇位継承可能な者はひとりもいなかった。これは、かなり重大な問題だ。神武天皇から継がれてきた皇統が途切れてしまうからだ。この急場を朝廷の幹部たちは、どう乗り切ったのだろうか？

謎に包まれる武烈天皇陵

奈良県香芝市には武烈天皇の御陵《ごりょう》がある。武烈天皇は『日本書紀』では暴虐の限りを尽くした悪しき天皇とされているが、『古事記』ではそうした記述はなく、存在そのものが今だに謎につつまれている。

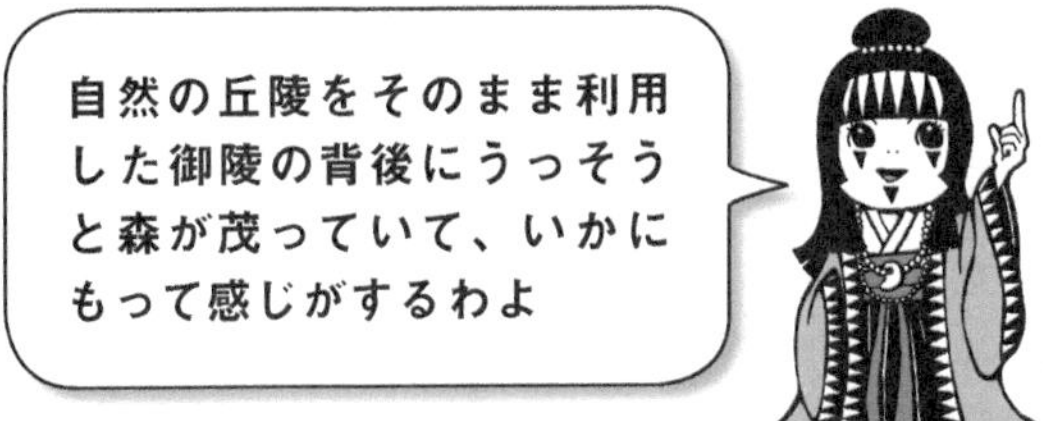
自然の丘陵をそのまま利用した御陵の背後にうっそうと森が茂っていて、いかにもって感じがするわよ

episode 11

途切れた皇統

継体《けいたい》天皇から推古《すいこ》天皇まで

◆「継体天皇の皇統譜」～

苦肉の策で即位した五世めの孫

後継ぎのなかった第二十五代・武烈《ぶれつ》天皇の死没で、途切れてしまった天皇の系譜。これは、本来あってはならないことだった。**朝廷では、ほんの少しでも皇位継承ができそうな人物を、探して探して探しまくった。**そこで担ぎ上げられたのが、第十五代・応神《おうじん》天皇の五世の孫らしい、ヲホドだった。はるか近江国《おうみのくに》（現在の滋賀県）でひっそり暮らしていたヲホドは、第二十四代・仁賢《にんけん》天皇の皇女にして武烈天皇の姉、タシラカノイラツメの婿に迎え入れられ、第二十六代・継体《けいたい》天皇として皇位を継承したのだった。こんな形で天皇が据えられたのは、異例中の異例だった。

それにしても情報を得る手段の少ない時代に、よくヲホドを探し当てたものだ。**皇位継承権があるのは天皇五世の孫までとなっていたから、ぎりぎりだった**わけだ。応神天皇からの血のつながりはいかほどあったのだろうか。ともあれ継体天皇は、伊波礼《いはれ》（現在の奈良県桜井市）の玉穂《たまほ》の宮で統治をつかさどることになったのだった。このあたりになると、『古事記』では各天皇のプロフィールしか確認できないが、『日本書紀』には詳細にわたるまでびっしり記述されている。

神代の物語が〝現代〟に追いつく

子だくさんだった継体天皇には、十九人の皇子があった。のちの天皇も三人いる。彼らは、継体天皇が四十三歳でこの世を去ると相次いで、第二十七代・安閑《あんかん》天皇、第二十八代・宣化《せんか》天皇、第二十九代・欽明《きんめい》天皇として即位した。

この時期、**じつはふたつの朝廷が並び立っていた**、という説がある。安閑・宣化天皇と欽明天皇の間にはかなりの確執があったことが『日本書紀』から読み取れる、というのだ。これは、安閑・宣化天皇と欽明天皇の母が違うことから起こっていると見られている（欽明の母は皇后タシラカノイラツメ）。継体天皇が死んで真っ先に皇位を継いだのはじつは欽明天皇であり、安閑・宣化天皇はそれに対抗して天皇を名乗った。結局このふたりが先に死んでしまい、欽明に統一されたというのが真相のようだ。さぞかし摩擦や紛争の多い期間だったことだろう。

次に欽明天皇の子が四代続いて即位した。第三十代・敏達《びだつ》天皇が即位したのは、

『日本書紀』によると五七二年。彼の時代は苦労が多かったようだ。ちょうど**朝鮮半島で高句麗《こうくり》・百済《くだら》・新羅《しらぎ》の三国の対立が激化し**、朝廷に大きな影響をおよぼしていた。また、**当時ツートップの大豪族、蘇我《そが》氏と物部《もののべ》氏が、仏教をめぐって泥沼の争いをくり広げていた**のだ。

続く第三十一代・用明《ようめい》天皇。在位期間は短いが、あの聖徳太子の父親として有名だ。そして用明天皇の弟、第三十二代・崇峻《すしゅん》天皇は、強大な権力を手にしていた蘇我馬子《そがのうまこ》に擁立されたにもかかわらず、馬子に暗殺されたと『日本書紀』にある。

『古事記』で語られる天皇は、正式に即位した初めての女帝、第三十三代・推古《すいこ》天皇でおしまいだ。敏達天皇の皇后で、三十七年にもわたって天下を治めた。『古事記』ではスルーされているが、彼女の功績は、サポート役となる甥の厩戸皇子《うまやどのおうじ》（聖徳太子）の手腕によるところが大きい。このあたりで『古事記』が編纂された八世紀初頭近い時代、つまり当時でいう〝現代〟に追いつく。こうして、神代から語られた長い物語は幕を閉じるのだった。

豆知識こらむ

推古天皇から天武天皇まで
～終わらない継承争い

第三十三代・推古《すいこ》天皇から古事記編纂までを『日本書紀』をもとにざっと追ってみよう。

　第三十四代は敏達《びだつ》天皇の孫、舒《じょ》明《めい》天皇が即位。彼が病没し、皇后が第三十五代・皇極《こうぎょく》天皇となったが、このころから強力氏族の蘇《そ》我入鹿《がのいるか》が権力をふりかざし始める。そこで皇極天皇の皇子・中《なかの》大兄皇子《おおえのみこ》（のちの天智《てんち》天皇）が入鹿を討つ。これが大化の改新だ。

　その後、皇極天皇は第三十六代・孝徳《こうとく》天皇の後に、ふたたび第三十七代・斉明《さいめい》天皇として即位する。彼女は朝鮮半島への軍事介入を行ない、息子の中大兄皇子が引き継いだが、六六三年の白村江《はくすきのえ》の戦いで大負け。中大兄皇子が第三十八代・天智天皇として即位したのち、その後継者をめぐって、古代最大の内乱となった壬申の乱が始まることになる。

　この戦いに勝利したのが、天智天皇の実弟の第三十九代・天武《てんむ》天皇。彼が『古事記』編纂を計画した人物となる。

『古事記』
スサノヲ
オホモノヌシ
オホクニヌシ

第四章　知っとこ！

知っとこ！『古事記』

『古事記』のこだわり、ラッキーナンバーは三五七

天地創世の数字に秘められた意味

『古事記』の冒頭、天地が創世される場面で、神々が次々と現われる場面があるが、そのくだりをできるだけ原文に忠実に再現するとこうなる。まずアメノミナカヌシ、タカミムスヒ、カムムスヒの三柱《はしら》が登場。この三柱は全員、男でも女でもない独《ひと》り神だ。次に生まれるのはウマシアシカビヒコヂとアメノトコタチの二柱。こちらも独り神で、はじめの三柱とこの二柱を足し算して、「前にあげた五柱の神は、別《こと》天《あま》つ神《かみ》である」と書かれている。

そして、クニノトコタチ、トヨクモノという二柱の独り神登場。さらにウヒヂニとスヒヂニ。ツノグヒとイクグヒ。オホトノヂとオホトノベ。オモダルとアヤカシ

コネ、イザナキとイザナミ。これは、二柱で一柱とみなされる男女神。『古事記』では「クニノトコタチからイザナミまでを合わせて神世七代《かみよななよ》」といっている。

じつは古代中国の聖数にこだわった数え方だった

ここを読んだ印象はいかがであろうか。ややこしい。どう見てもややこしい。「五柱って、なんでわざわざ三に二を足してるの？」「七代っていうけどもっといっぱいいるじゃん」「区切りがおかしくない？　七代になぜ二柱だけ独り神が入ってんの？」。これが素直な感想だろう。

じつはこの部分、わざわざ三と五と七にしているのだ。これは古代中国の聖数観念がベースであると考えられている。つまり三・五・七の奇数は中国の道教の神学教理や古代中国の呪術信仰のうえでとても尊い数字なのだ。ここにこだわって、かなり無理やりな感はいなめないが、「三柱」「五柱」「七代」と分類しているわけ。この思想は『日本書紀』がベースにしている陰陽説よりも新しいものと位置づけられる。つまり、『古事記』は一見古代ヤマトの古い伝説をまとめた物語でありながら、編纂された当時最先端の思想が巧みに取り込まれたモダンな読み物だったのだ。

知っとこ!『古事記』

『古事記』の世界は、垂直方向に広がる三層構造

上、中、下の三世界が縦に重なる空間イメージ

物語を読むときは、頭のなかで情景をイメージするものだが、『古事記』の世界は、皆さんの頭のなかでどんな情景になっているだろうか。とくに上巻は神々の世界だ。とらえどころのない場面設定なので、ファンタジー映画や、宮崎アニメのような景色を想像しそうだ。

『古事記』の世界では、空間は基本的に垂直に広がっている。そして三層にエリア分けされている。上から、「高天原《たかまがはら》」「葦原《あしはら》の中《なか》つ国《くに》」「黄泉《よみ》の国《くに》」だ。それぞれのエリアはいったいどうなっているのか。

高天原とはすなわち「高い天の原」を意味する。これは空のことではなく、宇宙

のことでもない。神々が住む天上世界だ。イザナキとイザナミが海に島をつくるシーンから、天に浮いている印象を受ける。天地創世の場面では、最初にここから自然発生的に神が生まれ出た。葦原の中つ国とは、地上世界のこと。人が住む現実の世界だ。「中つ国」は高天原と黄泉の国の中間にある国、の意。葦は邪気を祓《はら》う呪力を持った植物とされており、生命力のシンボルでもある。したがって「葦原」は生に満ちあふれた場所、ととらえることができる。

地下にあるとされた、世にも恐ろしい黄泉の国

黄泉の国は死者の世界。どんな位置にあったのかという説はいろいろあるが、『古事記』の世界観では地下にあるものと認識されているようだ。死者の国は恐ろしい世界として描かれている。黄泉の国と葦原の中つ国の間には「黄泉《よもつ》平坂《ひらさか》」という坂があり、それが境界となっていた。黄泉の国から逃げ帰って来たイザナキが、この坂を岩でふさいだため、地上世界と死者の世界は完全に分離されたのだ。

イザナミを祀《まつ》っている島根県松江市の揖屋《いや》神社の近くには、「黄泉つ平坂」の伝承地がある。あの世とこの世をつなぐ結界には、今もうっそうとした木立のなかにしめ縄がはってある。

知っとこ！『古事記』

ヒルコは、その後エビス様になった

捨てられたヒルコは西宮神社に漂着して祀《まつ》られる

イザナキとイザナミが最初にもうけた子は、ヒルコ（蛭子《ひるこ》）だった。ヒルコという名前は虫の蛭からきており、体が不完全な赤ん坊を意味する。イザナキとイザナミはヒルコを葦船に乗せて海に流してしまうが、このヒルコがどうなったかは、『古事記』にも『日本書紀』にも書かれていない。

正月に、何百人もがいっせいに境内を全力疾走する「福男選び」で有名な兵庫県西宮市の西宮神社は、全国のえびす神社の総本社で、蛭子を主祭神としている。蛭子は「夷三郎《えびす》」とも呼ばれ、福の神としてあがめられている。つまり、葦船で流されたヒルコは、流れ流れて現在の西宮神社に漂着し、そこで神様として信仰されるようになったのだ。

また、蛭子は「えびす」と読まれ、中世には恵比寿として、福の神の一柱《はしら》になった。海からやってきた神は、釣り竿《ざお》とタイを持っている神像からもわかるように、豊漁の神として漁民に信仰された。

漂着物＝「エビス」という民俗信仰があった

しかし、なぜ蛭子を「エビス」と読むのだろうか。これは、民俗信仰の世界にヒントがある。昔から漁民の間では、岸に打ち上げられた漂流物、たとえば珍しい形のものや、クジラなど海獣の死体、漁の最中に発見した水死体などを、「エビス」と呼ぶ風習があった。「えびす」という読みを持つ「夷」「戎」「胡」という漢字も、もともとは遠い海の彼方からやって来た異民族を表わす言葉だった。だから海を流され漂ってきたヒルコを「エビス」と呼んだわけだ。「蛭子」と書いて、なぜ「えびす」と読むのかご理解いただけたであろうか。

不具のため捨てられた不幸なヒルコの話は悲しみを誘う。いったいどうなってしまったんだろうかとモヤモヤする。でも、神様として尊ばれたという後日談には、昔の人々の優しさが感じられて、モヤモヤも晴れるのではないだろうか。

知っとこ！『古事記』

神意を占うウケヒはイリュージョン的錬金術

確率は二分の一。神に判断をゆだねる

神話に出てくる神々はさまざまな力を持っており、『古事記』や『日本書紀』でもバラエティに富んだ魔力を披露してくれる。アマテラスとスサノヲが高天原《たかまがはら》で対決するシーンもそのひとつだ。ここでは物質を変成させる魔術が描かれている。

母イザナミに会いに黄泉の国《よみのくに》へ行こうとしたスサノヲが、姉のアマテラスに一言あいさつに行こうと、彼女が支配する高天原に足を踏み入れようとするが、アマテラスは高天原を侵略されると勘違いし、猛り狂って戦闘態勢に入ってしまう。その誤解を解くためスサノヲは、「ウケヒ（誓約）」によって邪心のないことを証明しようとした。ウケヒは神意を知るための占い。二分の一の確率で起こった結果から吉

凶を決める。ここでは子供をつくって、その性別でスサノヲの身の潔白を判断することになっていた。この〝子供をつくる〟方法が、イリュージョンなのだ。

剣に水をかけ、砕いて神を生成するスゴい術

アマテラスのもつ勾玉《まがたま》と、スサノヲの持つ剣を交換し、それぞれが相手の持ち物から子供をつくるのだ。アマテラスはスサノヲの剣をまず三つに折り、〝聖水〟である天《あめ》の真名井《まない》を振りかけ、口のなかでバリボリと砕いた後、息とともに吹き出した。すると三柱《はしら》の女神が生まれる。スサノヲもアマテラスの勾玉に聖水をかけ、バリボリとかみ砕いて五柱の男神を吐き出した。

剣や勾玉、聖水、呼気は、まったく異なる性質を持つ物質。これらを混ぜて砕いて、神という形に変容させる。これは錬金術に似ている。錬金術は、物質や肉体に何らかの媒介を加え、より完全な存在に精錬しようとする術のことで、非常に呪術的な性質を持つ行為だ。実際、原文でこのくだりはまるで呪文のようなのだ。

ちなみに、どちらの性別が神意なのかという取り決めがすっぽり抜けているため、このウケヒは不自然な表現になっている。その理由はさまざまな説があるが、いまだに決着がついていない難問となっている。

知っとこ!『古事記』

劇中劇「天《あま》の岩屋《いわや》事件」に見る神々の役割分担

監督オモヒカネの的確なさい配で、芝居は大成功

〝アマテラスの天《あま》の岩屋《いわや》事件〟は、物語内でドラマが演じられた、いわば劇中劇。監督、脚本、演出、音楽をすべて兼任したのは、思慮の神オモヒカネ。小道具にイシコリドメとタマノオヤ。役者（大道具・美術も兼ねる）にアメノコヤネとフトダマとタヂカラヲ。ダンサーにアメノウズメだ。そしてエキストラに八百万《やおよろず》の神々がいた。オモヒカネはこんなふうに指示した。「フトダマは、捧げ物として、飾りつけたマサカキをここで持て。アメノコヤネはひたすら祝詞《のりと》を唱えろ。アメノウズメ、そなたは桶の上でドンドコ音を鳴らして神懸かりしろ」。

監督は続けた。「エキストラたち、周りで大騒ぎしてはやしたてろ。アマテラス

がもし出てきたら、アメノウズメは『あなたより偉大な神が現われたのです』と言って、アメノコヤネとフトダマはアマテラスに鏡を見せろ。タヂカラヲ、そのすきにアマテラスを引っぱり出せ。最後にフトダマ、岩屋戸の前に縄を張るんだ。よーしいいいか、本番スタート！」。

活躍した神々は宮廷の神事に携わる職業の祖神

ところで、この一芝居に参加した神々は、みな宮廷に関わる職業の祖神となる。マサカキにつけた鏡（八咫《やた》の鏡《かがみ》）をつくったイシコリドメは、宮廷の呪的祭具の鏡をつくった品部《しなべ》（職業団体）の祖神。マサカキを飾りつけた八尺《やさか》の勾玉《まがたま》をつくったタマノオヤは、同様に玉をつくった品部の祖神。祝詞を唱えたアメノコヤネは、最有力氏族、神祇官の長官職を独占した中臣氏の祖神だ。祭祀で祝詞を唱える役職がいかに重職だったかがわかる。マサカキをつくったフトダマは、祭具を貢納した品部で、神祇官のナンバー2となる忌部《いんべ》氏の祖神となり、アメノウズメは神楽奉仕の女性を貢上した氏族、猿女《さるめ》氏の祖神となる。

宮廷の職業の祖神たちが、力を合わせて危機を切り抜けた。その見せ方がなかなか凝っているではないか。彼らはのちの天孫降臨でも登場する。

知っとこ!『古事記』

会話を交わす出雲《いずも》神話の動物たち

人間(神)と同じ言葉を話す、ウサギやカエル

『古事記』を読んでいると、じつにたくさんの動物が出てくる。それらの動物のなかには、登場人物と当たり前のように会話を交わす者もいる。

たとえば、稲羽《いなば》のシロウサギ。兄弟である八十神《やそがみ》のおともをしていたオホクニヌシは、赤裸になったかわいそうなウサギと会話を交わし、皮膚の治療法をていねいに教えてやった。また、同じくオホクニヌシが根の堅州《かたす》の国《くに》へ降りて行ってスセリビメと結婚し、彼女の父スサノヲから火攻めにあったとき、足元でチューチュー鳴いていたネズミの言葉を読みとって脱出口を発見し、命拾いした。またあるときは出雲の三保の岬で、船に乗ってやって来たスクナビコナの素性がわからず困ってい

たオホクニヌシに、ヒキガエルがそのヒントを告げるのだ。

動物との会話は、オホクニヌシの特殊能力？

物語のなかで動物が人間（ここでは神だが）と同じ言葉を話すのは、古今東西、よくあることだ。だが『古事記』では、多くの動物が登場するのにもかかわらず、彼らが神と話すのは、全編通して見ても、意外に出雲神話においてだけ。

出雲神話というのは、一般的に出雲国《いずものくに》（現在の島根県）を舞台にした神話を指す。『古事記』では、アマテラスに高天原《たかまがはら》を追放されたスサノヲが出雲に降り立って、ヤマタノヲロチを退治するくだりから始まって、葦原《あしはら》の中《なか》つ国《くに》を統一したオホクニヌシが、高天原から派遣されたタケミカヅチに服属するまでにあたる。

葦原の中つ国を支配するオホクニヌシが主人公となる出雲神話。このなかで、オホクニヌシは動物たちと自由自在に言葉を交わしている。むしろ、オホクニヌシだけが動物（ときにはカカシ）と話すシーンを持っているのだ。シロウサギの場面では、八十神がウサギをからかうが、会話にはなっていない。オホクニヌシは、神々のなかでもとくに、動物たちと対等に会話ができるシャーマンのような能力を持っていた。それが彼がおおいなる国の王になった理由と考えられる。

知っとこ！『古事記』

たたり神？ 蛇神？ オホモノヌシとは何者なのか

オホモノヌシは、おそれ多い「モノ」のボス

中つ巻の「欠史八代《けっしはちだい》」後に登場する第十代・崇神《すじん》天皇の御代に得体の知れない神が登場する。その名もオホモノヌシ。現在の奈良県桜井市にある大神神社《おおみわじんじゃ》の祭神だ。

国中に疫病がはやって人民がバタバタと死に至り、崇神天皇は、「このままでは国が傾いてしまう」とほとほと困り果てていた。すると夢にオホモノヌシが現われ、「オホタタネコという者に私の御魂を祀《まつ》らせよ。そうすればすべては静まる」と告げたのだ。さっそく崇神天皇はオホタタネコを探し出し、彼を神主として三輪山にオホモノヌシを祀ると、疫病はぱたりと止んだ。疫病はオホモノヌシのたたりだったわけだ。もともとオホモノヌシ（大物主）とは固有名詞ではない。「モノ」は、

神話的観念では畏怖すべき対象（鬼、魔物、怨霊、精霊など）を一般的、抽象的に表現する語で、そのような「モノ」のボスをオホモノヌシと呼びならわしていた。

矢にもイケメンにも自在に変身、正体はヘビ！

そのオホモノヌシ、じつは崇神天皇の話以前にも、ちょいちょい顔を出している。出雲でオホクニヌシが国づくりに行きづまっていたとき、海からやってきて「私の御魂を三輪山に祀れ」と命じている。また、赤い矢に姿を変えて女性と交わり、神武天皇の皇后となるイスケヨリヒメを産ませている。オホモノヌシが姿を変えて女性を妊娠させる話はほかにもある。前述のオホタタネコがオホモノヌシの子孫であることが判明するくだりだ。オホタタネコの始祖を産んだイクタマヨリビメが登場。彼女に、あるイケメン男が毎夜通い始め、彼女は妊娠するのだが、その男が帰って行った先は三輪山であり、男の正体はオホモノヌシだった。しかも蛇体の神なのだ。

こうして見ると、オホモノヌシはじつに得体が知れない。「モノ」のボスというのもとらえどころがないし、まして蛇体なんて、モンスターではないか。実際、オホモノヌシはたたり神として恐れられてきた。しかしそんな化け物的存在を祀り、静めることによって国は安定するのだ。

知っとこ!『古事記』

出雲《いずも》をめぐる『古事記』と『日本書紀』の違い

オホクニヌシの話は両書で大きな差がある!

幾多の試練をへて国づくりに励むオホクニヌシの物語・出雲《いずも》神話は『古事記』の見どころのひとつだ。実際かなりのボリュームが出雲神話に割かれている。いっぽう、『日本書紀』では、出雲神話があるにはあるのだが、『古事記』に比べてそのボリュームはかなり少ない。オホクニヌシの国づくりも、一書《あるふみ》のひとつとして記されているにすぎない。ちなみに一書とは、「こんな説もあるよ」との意味で本文の後につけられた別伝承だ。

両書の出雲神話に関する部分を簡単に書き出すとよくわかる。『古事記』では、スサノヲの子孫がさまざまな国《くに》つ神《かみ》となって登場する。最後に国土の主として、六代後の子孫、オオクニヌシが生まれた。彼は、まず稲羽《いなば》のシロウサギの救済からスクナビコナの協力による国づくりに至るまで、それぞれのエピソードに対応して五つの名前を使い分け、いろんな経験を積んでオオクニヌシに成長していく。『日本書紀』では、スクナビコナが登場してオオクニヌシとともに国づくりに励み、その後スクナビコナが去って海から大神神社《おおみわじんじゃ》の神の訪問を受ける部分のみにとどまっている。それも一書として。そして話はすぐに葦原《あしはら》の中《なか》つ国《くに》の平定に入ってしまう。

『古事記』が目指そうとしたのは正史ではない

『日本書紀』で出雲神話がばっさり削られたのは、歴史書として必要な要素ではなかったからと考えられている。『日本書紀』は、国の誕生、天皇の誕生、歴代天皇の時代の出来事、海外諸国との交渉などを公的に記録した編年体の書物。出雲神話がなくてもとくに問題はなかった。

反対に、神代に重点が置かれた『古事記』は、タテの時系列にとらわれない。『古事記』が目指そうとしたのは中国の『史書』をモデルとした「正史」ではないからだ。だから天《あま》つ神《かみ》と国つ神の統一を描いた出雲神話は、『古事記』にとって、むしろほかの部分を削ってでも必要なパーツだったのだ。

知っとこ！『古事記』

アマテラスは進化してヘビになった!?

メタモルフォーゼする神々

ギリシア神話のゼウスが白鳥や牛に化けたりするように、神話の神々はさまざまな姿に変身する。『古事記』の神々も例外ではない。たとえばオホモノヌシは赤い矢になったり、美少年にもなったし、ホヲリの妻となったトヨタマビメはお産の際にサメの姿になっていた。

高天原《たかまがはら》の最高神アマテラスも興味深い変身をする。この女神は、ニニギが地上世界へ降臨するに際し、八咫《やた》の鏡《かがみ》、草薙《くさなぎ》の剣《つるぎ》、八尺《やさか》の勾玉《まがたま》という、のちに「三種の神器《じんぎ》」となるものを授ける。そして鏡をアマテラス自身として大切に祀《まつ》るように述べる。いわばアマテラスは鏡に変身して、現世世界を写すことになったのだ。

第十代・崇神《すじん》天皇の御代、諸国に疫病がはやり、国中の人々は大多数が死に絶えるほどひどい状況になった。『日本書紀』では、その原因としてアマテラスの勢力が強大すぎることも書き加えている。この女神は、この世を無秩序に陥れる力を持つ、ある意味、恐い存在でもあるのだ。

世の罪を引き受けて苦しむヘビ

引き続き『日本書紀』によると、次の第十一代・垂仁《すいにん》天皇の御代、アマテラスの力が鎮まる清浄な地を求めて、鏡は近江国《おうみのくに》（現在の滋賀県）、美濃国《みののくに》（現在の岐阜県）と移動し、伊勢国《いせのくに》（現在の三重県）五十鈴川ほとりに落ち着く。八咫の鏡を今でも祀るとされる伊勢神宮だ。その手引きをしたのは、ヤマトタケルの伯母ヤマトヒメだ。ヤマトヒメは、神の言葉を受け取る存在である最高巫女＝斎宮《さいぐう》の祖先となる。

時代は下って、中世の十三世紀。伊勢神宮の伝承によると、アマテラスは銀色の鱗をもったヘビの姿をし、斎宮の寝室に夜な夜な忍び込んでくるという。当時ヘビは俗世の煩悩を引き受けて人々の代わりに苦しんでいる神と見なされていた。そのようにしてアマテラスはついにヘビの姿に変身してしまったのだ。実際、神道には蛇身のアマテラスと一体になって悟りを開く「伊勢灌頂《いせかんじょう》」という行法《ぎょうほう》があった。

知っとこ!『古事記』

草薙《くさなぎ》の剣《つるぎ》はその後、どうなった？

スサノヲからニニギをへて、ヤマトタケルへ

草薙《くさなぎ》の剣《つるぎ》——天皇家に代々伝わる三種の神器《じんぎ》のひとつで、今でも皇居に保管されている（または名古屋市の熱田神宮にあるともされる）。この剣が『古事記』に登場するのは、58ページでも紹介したスサノヲによるヤマタノヲロチ退治の段だ。次に登場するのがニニギの降臨の段。地上に降臨するに際して、アマテラスは草薙の剣、八咫《やた》の鏡《かがみ》、八尺《やさか》の勾玉《まがたま》を授ける。

そして最後に登場するのが、ヤマトタケルによる東国征伐の段だ。ヤマトタケルは東国におもむく途中、伊勢神宮に立ち寄り、伯母のヤマトヒメに会って、草薙の剣を手渡される。それを使って九死に一生の危機を乗り切ったわけだが、ヤマトタ

ケルは尾張国《おわりのくに》（現在の愛知県）でミヤズヒメに草薙の剣を託したまま死んでしまう。その後、草薙の剣は『古事記』に登場しない。

壇ノ浦の戦いで海に沈んだ……はず

古典文学『平家物語』には、草薙の剣が登場する。物語によると平家は都落ちする際に、三種の神器を持ち出す。そして、壇ノ浦の戦いで幼い安徳天皇は、草薙の剣とともに船から身を投げて入水する……。『平家物語』では、このくだりを「安徳天皇はじつはヲロチの生まれ変わりで、剣を取り返しに来た」と説いている。

ええっ、では今あるとされている草薙の剣は？　その疑問に答える説のひとつが軍記物の『太平記』に伝わるこんな話。伊勢国《いせのくに》（現在の三重県）にある法師がいた。あるとき彼は海岸で、一本の剣を発見する。それを伊勢神宮に持って行ったところ、ある童子が神がかりして、お告げを述べた。草薙の剣は海の底にある龍宮に保管されていたのだが、アマテラスのご命令で、地上世界へ送り届けたのだ、と。

三種の神器は、正当な後継者である天皇でさえも実物を見ることはできないというわさがある。草薙の剣が壇ノ浦の海底から地上へ戻って来た伝説の真偽はおろか、どこにあるのか、本物かどうか、すべては謎に包まれている。

知っとこ！『古事記』

映画『もののけ姫』と『古事記』の関連性とは？

タタラ場と製鉄の神・金屋子神《かなやごじん》

一九九七年公開の長編アニメーション映画『もののけ姫』は、スタジオジブリが制作した、いわずと知れた宮崎駿《はやお》監督の代表作。森に住まう荒ぶる神々やもののけ姫・サンたちが属する自然と、主人公アシタカが属する人間社会との対決・調和が描かれている。この作品は、中世から近世に至る日本を舞台にしていることもあり、その神話的な想像力についておおいに論じられている。

実際、映画には『古事記』に深く関係する設定がある。それは鉄を精錬するタタラ場だ。そのモデルは、中世以来、出雲《いずも》地方で活動した製鉄職能者たちだといわれている。彼らに伝わる伝承によると、製鉄の技術は金屋子神《かなやごじん》という女神が白鷺《しらさぎ》に乗って出雲に降り立ち、人々にその技術を教えたことが起源とされている。その神を祀《まつ》る神社は全国に1200社を数えるのだが、その総本社が島根県安来市にある「金屋子神社」だという。映画『もののけ姫』に登場する、たたら場の女性リーダー・エボシ御前はこの金屋子神のイメージが影響しているようだ。

イスケヨリヒメの別名にその鍵が⁉

タタラ場が関わる『古事記』中の記述とはどの箇所だろう？　それはイスケヨリヒメという人物だといえる。のちに初代天皇となるイハレビコが東征を無事終えて、畝火《うねび》（現在の奈良県橿原市）の白檮原《かしはら》に宮を定めると、王にふさわしい嫁を探し出す。そこで出会ったのがこのイスケヨリヒメだ。彼女の別名はホトタタライススキヒメ、またはヒメタタライスケヨリヒメといい、名前のなかに「タタラ」を含んでいる。また彼女の父はオホモノヌシ、母親はセヤダタラヒメ。母親の名前にも「タタラ」がある。このことから、イスケヨリヒメの出身氏族が、古代の製鉄職能者となんらか関係していたと考えられている。

ちなみに映画『もののけ姫』にはダイダラボッチという巨大な怪物が登場する。その名前も、タタラがなまったものだという説もある。

知っとこ!『古事記』

明治時代のアマテラスとオホクニヌシの戦い

東京日比谷の神殿設立がバトルの発端

葦原《あしはら》の中《なか》つ国《くに》で国づくりに励んでいたオホクニヌシ。そのようすを高天原《たかまがはら》から見ていたアマテラスは、そこは自分の子が治めるべきだと考え、オホクニヌシに国を譲るよう迫る。そしてオホクニヌシは、死者の国にその身を隠すことになった。

このアマテラス派とオホクニヌシ派の争い、なんと明治時代に改めて勃発した。

一八八〇年(明治十三年)、東京日比谷に神道事務局の神殿が設立される。その神殿は神宮遥拝所といい、東京から遠く離れた伊勢神宮を拝む場所だ。祭神にはアマテラスは当然として、『古事記』冒頭に登場する別天《ことあま》つ神《かみ》の三柱《はしら》、アメノミナカヌシ、タカミムスヒ、カムムスヒが選ばれた。それに異論を唱えたのが出雲大社の大宮司

（神社のトップ）。アマテラスだけでは十分ではない、わが社の神オホクニヌシも加えて、神殿は完成する、と申し立てた――。

結末もそっくりそのまま『古事記』どおりに

出雲大社の大宮司いわく、アマテラスはこの世、すなわち現世（顕界《けんかい》）の神。いっぽうオホクニヌシは、死者の国（幽冥界《ゆうめいかい》）の神である。その神は人々の霊魂の救済をつかさどる。神宮遥拝所の祭神には、この世の神に加えて、幽冥界の神をも加えてこそ全世界をカバーするといえるのではないか。

これに対し、真っ向から反対したのが伊勢神宮の大宮司。神殿は伊勢神宮＝アマテラスを拝むところではないか。そこになぜオホクニヌシなのだ？　そもそもオホクニヌシは高天原から追放されたスサノヲの子孫ではないか。そんな反逆の神の子孫をこの神殿の祭神に加えるなど、もってのほかだ！――ということ。

で、その結果なのだが、これもまた神話どおり、出雲派の敗退。それを決めたのはなんと、明治天皇だったという。このとき出雲派が敗退したことによって、近代の神道は死後の世界には関わらないという立場になった。ちなみに、この神殿がのちに改名し、縁結びで有名な東京大神宮（東京都千代田区）となる。

知っとこ！『古事記』

水戸黄門は『古事記』フリークだった!?

全国行脚は歴史史料集めの旅だった

時代劇でおなじみの水戸黄門。そのモデルが、徳川家康の孫にあたる水戸藩（現材の茨城県）二代目藩主・徳川光圀《みつくに》（一六二八〜一七〇〇）であることはご存じの方も多いだろう。その黄門様、じつに熱心な『古事記』研究家だったのだ。

その研究が始まったきっかけは、歴史書（一九〇六年に完結した『大日本史』）を編纂する過程にあった。光圀は一六七二年に、「国史」の修史事業を開始するに際して、全国から学者を集め、京都・奈良を中心に高野山、吉野、熊野、九州、北陸、東北などを調査した。ちなみにその調査のために各地を旅した佐々十竹《さっさじっちく》（通称・介三郎）と安積澹泊《あさかたんぱく》（通称・覚兵衛）が助さん、格さんのモデルだという。こうした調査の過程で、光圀は自然と『古事記』に注目していく。そして歴史書とは別に、『古事記』の研究成果が『義公校訂本古事記』としてまとめられ、一六九一年に幕府の学問所・昌平坂大成殿に奉納された。

アマテラスは中国・呉王の子孫!?

あるとき、光圀は江戸城内におもむき将軍に拝謁した。そのおり城内では、幕府公認の歴史書『本朝通鑑《ほんちょうつがん》』が完成し、後は印刷に回すだけだった。そこでちょうどよいからと、歴史にくわしい光圀に中身をチェックしてもらった。光圀はそれを見て仰天し、即座に印刷停止を命じた。なんと日本の始祖（アマテラス）が呉の太伯（周文王の伯父）の末裔であると書かれていたのだという。当時の儒学者の説とはいえ、『古事記』研究者としては見逃せない記述だった。

江戸時代の『古事記』研究は、のちの明治維新を推進する尊王攘夷運動へとつながっていった。つまり日本は神の国であり、神の時代から続く天皇家が日本を治めるべき、という思想だ。じつは幕府側の一員である光圀が、なんと京都・朝廷を敬う尊皇思想の持ち主だったという驚くべき事実がある。実際、光圀は家臣に向けて「わが主君は天子（天皇）である」と述べていたという。

知っとこ！『古事記』

本居宣長の恋愛観と『古事記』

三十五年間の苦闘の末『古事記伝』完成

「私の見るところでは、現在の『古事記』解釈は、ほとんどすべて宣長の『古事記伝』の解釈の範囲内で行われている」と哲学者の梅原猛《たけし》が言うその『古事記伝』（以下『伝』）全四十四巻は、一七九八年に完成した。その作者が歴史教科書でおなじみの、本居宣長《もとおりのりなが》（一七三〇～一八〇一）だ。伊勢の松坂で医者だった宣長は三十五年もの長期にわたる緻密な研究を積み重ねた末に、その大著を完成させた。

しかし、当時知識人の間でマイナーだった『古事記』のどこに宣長は魅力を見い出したのだろう。それは『古事記』のなかに溢れている「もののあはれ」（『伝』では「真心」と表現した）だ。宣長は『伝』のなかで、ヤマトタケルについてこうコメントしている。「父の景行《けいこう》天皇の命令に背くことのない勇気と正しい心を持ちながら、このようにうらむことはうらみ、悲しむべきことは悲しみ、泣く姿こそ、まさしく古代ヤマトの人の真心である」（『伝』二十七之巻）。

宣長の「どうにもとまらない情欲」！

　このような素直な真心こそ「もののあはれ」だという。それは言い換えれば、世のなかの規範を破ってしまうほどの奔放な心のこと。そういえば『古事記』には、近親相姦や略奪愛など、欲望のおもむくままに行動する男女が数多く描かれている。そういう明るい天真爛漫な神々の姿に宣長の心は打たれたのだ。

　彼の実生活も「もののあはれ」を見い出すのに一役買っていたかもしれない。というのも彼は、けっこうやんちゃな遊び人で、結婚して三カ月で離婚し、別の人と結婚するというスキャンダルまで起こしている。またはこんな言葉も——「いや〜、どうにもとまらない情欲があってさ」（意訳）。宣長が生きていた時代は武士階級による儒教道徳が幅を利かせていた。そんなとき『古事記』に見い出した豊かな人間性は、彼の人生をも左右したのかもしれない。ともあれ、彼の『古事記』発見は、ヨーロッパで起こったルネサンス（古典・人間復興）とよく似ている。

神・人名索引

【あ行】

【た行】

【な行】

【は行】

【ま行】

【や行】

【ら・わ行】

参考文献

『アマテラス――最高神の知られざる秘史』斎藤英喜 著(学研新書)
『あらすじとイラストでわかる古事記・日本書紀――日本人の原点を知る』知的発見！探検隊 著(イースト・プレス)
『あらすじとイラストでわかる神道』知的発見！ 探検隊 著(イースト・プレス)
『イラスト図解　古事記(絵で見る世界の名作)――神がみの物語』三浦佑之 現代語訳、PHP研究所 編(PHP研究所)
『現代語訳　古事記』福永武彦 訳(河出文庫)
『口語訳　古事記[完全版]』三浦佑之 訳・注釈(文藝春秋)
『古事記』梅原猛 著(学研M文庫)
『古事記』倉野憲司 校注(岩波文庫)

『古事記　成長する神々――新しい「日本神話」の読み方』斎藤英喜 著（ビイング・ネット・プレス）
『新潮日本古典集成　古事記』西宮一民 校注（新潮社）
『神話の森――イザナキ・イザナミから羽衣の天女まで』山本節 著（大修館書店）
『図解　古事記・日本書紀　普及版』多田元 監修（西東社）
『田辺聖子の古事記』田辺聖子 著（集英社文庫）
『全現代語訳　日本書紀（上・下）』宇治谷 孟 著（講談社学術文庫）
『日本の神話伝説』吉田敦彦・古川のり子 著（青土社）
『本当は恐ろしい「古事記」・「日本書紀」』日本博識研究所 著（ワニ文庫）
『まんがとあらすじでわかる　古事記と日本書紀』坂本勝 監修（宝島SUGOI文庫）
『躍動する日本神話――神々の世界を拓く』斎藤英喜・武田比呂男・猪股ときわ 編（森話社）
『読み替えられた日本神話』斎藤英喜 著（講談社現代新書）

編集・構成・DTP ❻ クリエイティブ・スイート
本文デザイン ❻ 小河原德
執筆 ❻ 日頭真子、白石恵子、高橋一人、藪内健史
人物イラスト／挿絵 ❻ 平野まゆ
マンガ ❻ にしかわたく

本書は、書き下ろし作品です。

監修者紹介

斎藤英喜（さいとう　ひでき）

1955年生まれ。日本大学大学院博士課程満期退学、佛教大学歴史学部教授。神話・伝承学を専攻するいっぽうで、国文学、歴史学、民俗学、スピリチュアリズムなどの分野との交流のなかから、独自の研究テーマを追求している。著書に『古事記　不思議な1300年史』（新人物往来社）、『荒ぶるスサノヲ、七変化――〈中世神話〉の世界』（吉川弘文館）、『安倍晴明――陰陽の達者なり』（ミネルヴァ書房）、『読み替えられた日本神話』（講談社現代新書）、『古事記　成長する神々――新しい「日本神話」の読み方』（ビイング・ネット・プレス）、『アマテラス――最高神の知られざる秘史』（学研新書）などがある。

PHP文庫　とんでもなく面白い『古事記』

2012年7月18日　第1版第1刷
2024年12月19日　第1版第20刷

監修者　斎藤英喜
発行者　永田貴之
発行所　株式会社ＰＨＰ研究所

東京本部 〒135-8137 江東区豊洲5-6-52
ビジネス・教養出版部 ☎03-3520-9617（編集）
普及部 ☎03-3520-9630（販売）
京都本部 〒601-8411 京都市南区西九条北ノ内町11

PHP INTERFACE https://www.php.co.jp/

印刷所
製本所　大日本印刷株式会社

ISBN978-4-569-67849-8

PHP文庫

こんなに面白かった「百人一首」

吉海直人 監修

「百人一首」が詠うのは、恋に悩み、仕事に疲れ、自然に感動する普通の人間の姿だった！ 古典がぐっと身近になる、全く新しい入門書。